CHR

Né à Paris en 1947, Christian Jacq découvre l'Égypte à treize ans à travers ses lectures, et se rend pour la première fois au pays des pharaons quelques années plus tard. L'Égypte et l'écriture prennent désormais toute la place dans sa vie. Après des études de philosophie et de lettres classiques, il s'oriente vers l'archéologie et l'égyptologie, et obtient un doctorat d'études égyptologiques en Sorbonne avec pour sujet de thèse « Le voyage dans l'autre monde selon l'Égypte ancienne ». Christian Jacq publie alors une vingtaine d'essais, dont *L'Égypte des grands pharaons* chez Perrin en 1981, couronné par l'Académie française. Il fut un temps collaborateur de France Culture, notamment pour l'émission « Les Chemins de la connaissance ». Parallèlement, il publie des romans historiques qui ont pour cadre l'Égypte antique ainsi que, sous pseudonyme, des romans policiers. Son premier succès, *Champollion l'Égyptien*, a suscité la passion des lecteurs en France comme à l'étranger, tout comme ses autres romans – *Le Juge d'Égypte*, *Ramsès*, *La Pierre de Lumière*, *Le Procès de la momie*, *Imhotep, l'inventeur de l'éternité*. Après sa trilogie *Et l'Égypte s'éveilla* (2011) et *Le Dernier Rêve de Cléopâtre* (2012), parus chez XO Éditions, il a publié *Néfertiti : l'ombre du Soleil* (2013), les quatre volets des *Enquêtes de Setna* (2014 et 2015), *J'ai construit la Grande Pyramide* (2015), *Sphinx* (2016), ainsi que *Urgence absolue* (2017) chez le même éditeur. Les ouvrages de Christian Jacq sont aujourd'hui traduits dans plus de trente langues.

LES ENQUÊTES DE SETNA

* *

LE LIVRE INTERDIT

DU MÊME AUTEUR
CHEZ POCKET

La Reine soleil
Le Moine et le Vénérable
Le Pharaon noir
Toutânkhamon
Le Procès de la momie
Imhotep, l'inventeur de l'éternité
Le Dernier Rêve de Cléopâtre
Néfertiti
J'ai construit la Grande Pyramide
Sphinx
La Vengeance des dieux

Le Juge d'Égypte

La Pyramide assassinée
La Loi du désert
La Justice du vizir

Ramsès

Le Fils de la lumière
Le Temple des millions d'années
La Bataille de Kadesh
La Dame d'Abou Simbel
Sous l'acacia d'Occident

La Pierre de Lumière

Néfer le silencieux
La Femme sage
Paneb l'ardent
La Place de vérité

La Reine Liberté

L'Empire des ténèbres
La Guerre des couronnes
L'Épée flamboyante

Les Mystères d'Osiris

L'Arbre de vie
La Conspiration du mal
Le Chemin de feu
Le Grand Secret

Mozart

Le Grand Magicien
Le Fils de la lumière
Le Frère du feu
L'Aimé d'Isis

Et l'Égypte s'éveilla

La Guerre des clans
Le Feu du scorpion
L'Œil du faucon

Les Enquêtes de Setna

La Tombe maudite
Le Livre interdit
Le Voleur d'âmes
Le Duel des mages

CHRISTIAN JACQ

LES ENQUÊTES DE SETNA

**

LE LIVRE INTERDIT

ROMAN

Pocket, une marque d'Univers Poche,
est un éditeur qui s'engage pour la préservation
de son environnement et qui utilise du papier fabriqué
à partir de bois provenant de forêts gérées
de manière responsable.

Le Code de la propriété intellectuelle n'autorisant, aux termes de l'article L. 122-5, 2° et 3° a, d'une part, que les « copies ou reproductions strictement réservées à l'usage privé du copiste et non destinées à une utilisation collective » et, d'autre part, que les analyses et les courtes citations dans un but d'exemple et d'illustration, « toute représentation ou reproduction intégrale ou partielle faite sans le consentement de l'auteur ou de ses ayants droit ou ayants cause est illicite » (art. L. 122-4).
Cette représentation ou reproduction, par quelque procédé que ce soit, constituerait donc une contrefaçon, sanctionnée par les articles L. 335-2 et suivants du Code de la propriété intellectuelle.

© 2015, XO ÉDITIONS
ISBN : 978-2-266-26251-4

RÉSUMÉ
DU TOME PRÉCÉDENT

LA TOMBE MAUDITE

Sous le règne de Ramsès II, une tragédie inattendue se produit : un mage noir parvient à s'emparer du trésor des trésors, le vase scellé d'Osiris, pourtant dissimulé au fond d'une tombe réputée inviolable. Ce vase ne contient-il pas le secret de la vie et de la mort ? Si le mage réussit à le transformer en arme destructrice, il prendra le pouvoir. Un seul témoin du vol : le Vieux, l'intendant du notable Kékou, qui décide de se taire.

Au moment du vol, le prince Setna, l'un des fils de Ramsès le Grand, se trouve en Nubie avec son père. Et s'il parvient à prouver sa bravoure, face à l'ironie de son frère aîné, le général Ramésou, ce n'est pas à la carrière des armes qu'il se destine, mais à celle de scribe et de ritualiste, au service des dieux.

Une rencontre change sa vie : celle de Sékhet, une jeune femme médecin aux dons exceptionnels. Un coup de foudre les embrase, mais un obstacle infranchissable se dresse entre eux : le propre frère de Setna, le général Ramésou, veut épouser la belle Sékhet. Et le père de la thérapeute, le riche et influent Kékou, est au comble de l'embarras, alors qu'il est promis au poste envié de ministre de l'Économie.

En Égypte, personne, pas même le roi, ne peut obliger une femme à épouser un homme qu'elle n'a pas choisi. Et Sékhet repousse le général Ramésou pour vivre un grand amour avec Setna.

Le pharaon, lui, est confronté au pire : qui a volé le vase scellé d'Osiris et le voleur saura-t-il en faire un foyer d'énergie négative ? Le roi nomme un commando composé de quatre soldats d'élite, dont le chef est Ched le Sauveur, le meilleur ami de Setna, tenu à l'écart. Le général Ramésou désapprouve cette démarche, ignorant que le mage noir est informé de ses faits et gestes. En grand secret, la petite équipe doit retrouver le vase d'Osiris et neutraliser le malfaiteur, avant qu'il ne devienne un adversaire redoutable.

L'enquête commence, sur le site de la tombe maudite, et mène à une piste syrienne. Mais le mage noir et ses complices ont tendu un piège au commando, dont l'un des membres, grièvement blessé, doit sa survie à Sékhet, intriguée par les circonstances du drame. Ched le Sauveur ne peut rien lui dire.

Lui et ses camarades poursuivent leur enquête, conscients des risques qu'ils courent ; entre eux et leurs adversaires de l'ombre, la lutte est impitoyable.

Avant de mourir, le maître spirituel de Setna, le Chauve, lui révèle qu'un texte interdit, le *Livre des voleurs*, a été dérobé ; et celui qui le possède pourra piller les trésors des tombes. À Setna de retrouver le livre, au prix d'épreuves qui s'annoncent redoutables.

Troublé, mais résolu à remplir cette mission, Setna est tout à son bonheur : lors de sa nouvelle entrevue avec Sékhet, la femme de sa vie, ils célèbrent l'accomplistiment de leur vocation : elle a été initiée aux mystères de la déesse-Lionne, patronne des médecins, lui est devenu ritualiste, capable d'utiliser des formules magiques.

Bref moment de grâce, car Ched le Sauveur a besoin de son ami Setna pour éteindre une flamme maléfique allumée par un suspect syrien, Kalash, qui s'est enfui vers le Sud et que le commando poursuivra. Malgré leur amitié, Ched le Sauveur, respectant son serment, ne lui révèle pas la nature de sa mission.

Setna décide de partir pour la capitale, Pi-Ramsès, la « Cité de turquoise » bâtie dans le Delta par Ramsès le Grand. Voir son père devient impératif : il lui demandera des explications et lui annoncera son intention d'épouser Sékhet, même s'il doit se heurter à son frère aîné.

Alors qu'une existence merveilleuse se profile, Sékhet subit une épreuve aussi surprenante qu'atroce : Kékou, le père qu'elle vénérait, lui apprend qu'il possède le *Livre des voleurs*, qui lui a permis de connaître l'emplacement du vase scellé d'Osiris et de le dérober. Mais pour le transformer en énergie destructrice, il a besoin des pouvoirs particuliers de sa fille. Ensemble, ils disposeront de la force la plus puissante de l'univers, celle des ténèbres, génératrices de mort.

Abasourdie, Sékhet demande un temps de réflexion pour mieux formuler sa réponse, instinctive : jamais elle ne participera à cette entreprise maléfique.

Kékou fait mine d'accepter la décision de sa fille, mais il n'a pas le choix : puisqu'elle sait tout et refuse de le seconder, elle doit disparaître. Il confie à des dockers syriens le soin de l'assassiner. Son chien Geb, et son intendant, le Vieux, sauvent Sékhet et lui permettent de s'enfuir.

Le Vieux intercepte Setna au port et l'informe que

Sékhet, menacée de mort, a échappé à ses assassins. Où se cache-t-elle ? Il l'ignore. Et ce n'est pas la seule mauvaise nouvelle : le Vieux emmène Setna à la tombe maudite, et révèle ce qu'il a vu, lors d'une nuit effrayante. Un mage noir a dérobé un trésor aux propriétés meurtrières.

Impossible de pénétrer dans le sépulcre. Le cœur serré, Setna embarque pour la capitale, où Ramsès ne pourra lui refuser des éclaircissements. Un maléfice de Kékou, résolu à éliminer ce prince trop curieux, condamne le bateau à chavirer : grâce à des formules efficaces, Setna évite le désastre. Mais quelles révélations le roi lui accordera-t-il ?

Bouleversée, pourchassée, guidée par Geb à travers la nuit, Sékhet trouve refuge chez une famille de paysans qu'elle avait secourue. Dans ce havre de paix momentané et incertain, échappera-t-elle aux tueurs, reverra-t-elle Setna, pourra-t-elle lui transmettre l'épouvantable secret dont elle est le dépositaire ?

Le prince Setna, dans sa fonction de ritualiste, faisant offrande aux dieux. (Tombe de Nefer-Hotep.)

LE LIVRE INTERDIT

— 1 —

Le Vieux goûta le ragoût que lui présentait le cuisinier et recracha la bouchée entière.
— Tu te moques de moi ? C'est immonde !
— J'ai fait de mon mieux, j'ai...
— Tu as perdu la tête et la main ! Comment oserais-je présenter cette horreur à notre maître ?
— Avec tout ce qui arrive ici, on n'a pas l'esprit tranquille et...
— Argument de minable ! Je te donne une dernière chance : prépare un déjeuner convenable ; sinon, tu dégages !

Le cuisinier renonça à discuter et se hâta de retourner à ses fours, désireux de donner satisfaction à cet irascible intendant qui, quelles que fussent les circonstances, ne laissait rien passer. Être engagé chez Kékou, superviseur des greniers royaux de Memphis et futur ministre de l'Économie, était une sorte de privilège auquel ses employés n'avaient pas envie de renoncer. À la rigueur des conditions de travail correspondait un salaire élevé, agrémenté d'une nourriture de qualité, d'un logement agréable et de vacances appréciables. Le seul problème, c'était le Vieux, intraitable et attentif au moindre détail ; premier à montrer l'exemple, il inspirait à la fois la crainte et le respect. Et nul ne s'aventurait à contester son autorité.

L'intendant n'avait plus une seconde à lui. La disparition de la fille de Kékou avait semé le trouble, et le personnel du vaste domaine réagissait de manière lamentable, oubliant ses devoirs. La gravité de la situation ne justifiait pas l'absence de travail.

Le Vieux parcourut le jardin, fulminant contre l'abandon des bosquets fleuris et le manque d'entretien du bassin aux lotus ; les responsables allaient entendre parler du pays !

Un gamin, apprenti menuisier, accourut vers l'intendant.

— Le maître te demande d'urgence !

Le Vieux ne pressa pas l'allure. D'abord, ses genoux grinçaient ; ensuite, il aurait à essuyer la colère de Kékou, mécontent des négligences de sa maisonnée.

D'une stature imposante, la tête carrée, grisonnant, des yeux noirs enfoncés dans leurs orbites, le robuste quinquagénaire était redouté de ses employés. Sa voix grave et impérieuse ne souffrait pas de réplique.

Issu d'une famille de paysans, travailleur acharné, tantôt brutal tantôt charmeur, Kékou était devenu superviseur des greniers royaux de Memphis et avait prouvé son efficacité. Parvenant toujours à ses fins, redoutable négociateur, il forçait l'admiration de ses adversaires, contraints de reconnaître ses compétences. Et les notables approuvaient sa prochaine nomination à la tête du ministère de l'Économie.

Kékou était entouré d'une dizaine d'hommes au faciès hostile, armés de poignards et de gourdins.

— Voici le chef de la police de Memphis, Sobek, et ses adjoints, dit le maître du domaine à son intendant. Ils veulent t'interroger.

Le Vieux et Sobek se défièrent du regard, et ce premier contact n'eut rien d'amical.

Le policier était un géant à la puissance physique impressionnante. Une profonde cicatrice, sur la joue gauche, témoignait de rudes affrontements ; à sa vue, personne n'avait envie de tomber entre ses mains.

— M'interroger, moi ?

— Tu es bien l'intendant de ce domaine ? demanda Sobek de sa voix rauque.

Le Vieux opina du chef.

— Donc, tu es notre principal témoin.

— Témoin de quoi ?

Sobek empoigna son énorme gourdin.

— J'ai horreur des plaisantins.

— Dommage, ça te dériderait.

— Tu es le dernier à avoir vu ma fille, rappela Kékou ; le chef de la police exige un maximum de détails.

— Autrement dit, il n'a pas la moindre piste, observa le Vieux.

— As-tu l'intention de m'apprendre mon métier ? s'insurgea Sobek.

— Sékhet, la fille de mon maître, a disparu, et tu es incapable de la retrouver ! Belle performance.

L'énorme main de Sobek serra davantage le bâton.

— Je prends la direction de l'enquête, affirma-t-il, et je vérifierai chaque détail. À commencer par ta version des faits.

— J'ai soif, dit le Vieux ; asseyons-nous à l'ombre et buvons.

Désorienté, le policier suivit l'intendant auquel l'échanson du domaine apporta de la bière. Sobek refusa la coupe qu'il lui offrit.

— Alors, cette version ?

— Je ne parvenais pas à dormir, raconta le Vieux

après une bonne goulée, et j'ai vu plusieurs hommes s'introduire dans la villa. J'ai appelé à l'aide, mais elle a tardé à venir ! Et voilà tout.

— Ces intrus ont-ils enlevé Sékhet ?

— Je l'ignore.

— Tu prétends ne pas avoir assisté à ce rapt ?

— Ces bandits se sont enfuis, mais je n'ai pas aperçu ma jeune maîtresse. Et je n'ai pu que constater sa disparition.

— Et ces bandits-là, tu ne les connaissais pas ?

Le Vieux se redressa, face au géant ; malgré la différence de taille, le policier ressentit une telle irritation qu'il recula d'un pas.

— Si tu me soupçonnes, mon gars, dis-le franchement.

— Je cherche la vérité.

— Cherche-la mieux. Moi, j'ai du travail.

Sobek n'osa pas retenir le Vieux qui se dirigea vers la boulangerie afin de vérifier la qualité des pains.

— Votre intendant n'est pas commode, dit le chef de la police à Kékou.

— Il n'en existe pas de meilleur, et je me félicite chaque jour de l'avoir engagé.

— M'autorisez-vous à fouiller l'ensemble de votre domaine ?

— Je t'y invite.

Sobek déploya ses subordonnés. Ils procéderaient à des interrogatoires et tenteraient de dénicher des indices.

— Votre fille avait-elle reçu des menaces ?

— Elle m'en aurait parlé.

— Des ennemis déclarés ?

— Tout le monde l'aimait.

— Ma tâche ne s'annonce pas facile…

— Je compte sur toi, Sobek ; cette mission est prioritaire.

Renfrogné, le chef de la police rejoignit ses enquêteurs.

Kékou ne redoutait pas leurs investigations, et ce n'était pas ce fonctionnaire zélé qui retrouverait la trace de la fuyarde, suffisamment habile pour échapper à ses assassins. Tandis que les policiers perdaient leur temps, le notable regagna ses appartements. Comme il regrettait le refus de Sékhet ! Posséder le vase scellé d'Osiris ne suffisait pas ; il devait le transformer en foyer d'énergie destructrice avec l'aide des pouvoirs de la déesse-Lionne que savait utiliser sa fille, une prédestinée aux dons exceptionnels.

Aujourd'hui, elle était devenue une adversaire, songeant probablement à le dénoncer ; si elle ne s'y résignait pas, Kékou pourrait peut-être la faire changer d'avis après l'avoir ramenée dans son cercle magique.

En dérobant le trésor des trésors, Kékou visait la puissance suprême et l'établissement du règne du Mal, à l'origine de la Création. La jeune femme n'en avait pas perçu l'importance, et sa liaison avec Setna lui brouillait l'esprit.

En apprenant le départ du fils de Ramsès pour la capitale, le mage avait mis en place un dispositif destiné à le supprimer. Passagers et équipage disparaîtraient, le bateau coulerait, et l'on conclurait à un terrible accident.

Débarrassée de cet amour inutile, révoltée contre le destin, Sékhet serait plus accessible à l'empire des ténèbres et envisagerait de déclencher la colère de la lionne assoiffée de sang ; alors, elle rejoindrait son père.

Encore fallait-il éliminer une à une les défenses de Ramsès, et la tâche s'annonçait périlleuse.

Un détail venait de heurter Kékou : l'attitude de son intendant. Ce bonhomme-là prenait trop de place et furetait partout.

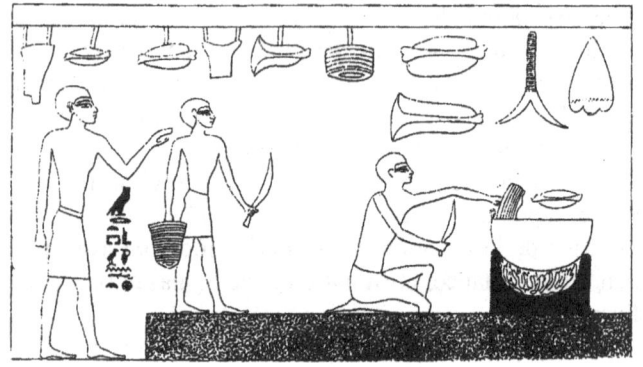

Les bouchers au travail.
(D'après Champollion.)

— 2 —

Comment ne pas être ébloui par l'arrivée à Pi-Ramsès, la capitale de Ramsès le Grand, qu'entouraient à l'ouest et au nord les Eaux-de-Râ, l'une des branches du Nil ? À l'est et au sud les Eaux-d'Avaris, un canal rappelant l'époque de l'occupant hyksôs[1] qu'avaient chassé les fondateurs du Nouvel Empire.

Le vaste port abritait une quantité impressionnante de bateaux de tailles diverses ; beaucoup de bâtiments destinés au commerce, mais aussi une flotte de guerre prête à intervenir en cas de menace. L'armée était d'ailleurs fort présente, occupant plusieurs casernes confortables ; et les chevaux de la charrerie étaient particulièrement choyés.

Autour du port, des entrepôts, des fabriques, des greniers et des ateliers ; au centre, le palais royal et les ministères. De la résidence royale partait l'artère principale, menant au temple de Ptah, « le Façonneur », qui créait le monde grâce au Verbe ; des allées conduisaient à deux autres sanctuaires, ceux de Râ, la lumière divine, et d'Amon, « le Caché », animateur du bras

1. Avaris était le nom de la capitale des envahisseurs hyksôs, venus du nord et de l'est pour occuper le Delta.

de Pharaon lors de la bataille de Kadesh, contre les Hittites. Le quatrième temple, dédié au redoutable Seth, maître des perturbations du cosmos, avait été érigé à l'écart, de l'autre côté du canal reliant les Eaux-de-Râ et les Eaux-d'Avaris. Le pharaon n'omettait pas de rendre hommage à des divinités asiatiques, telle Astarté, afin de montrer qu'il rassemblait au cœur de sa capitale toutes les puissances créatrices, tant égyptiennes qu'étrangères.

En raison des tuiles bleues vernissées qui ornaient les façades des maisons, on appelait Pi-Ramsès la « Cité de turquoise », et une chanson populaire proclamait : « Quelle joie d'y résider, le petit y est respecté comme le grand, l'acacia et le sycomore dispensent leurs ombres, les édifices resplendissent d'or et de turquoise, le vent est doux, les oiseaux jouent près des étangs. »

Le plan de la nouvelle capitale s'inspirait de l'illustre Thèbes, et le roi avait souhaité que sa durée fût comparable à celle de Memphis ; le véritable fondateur de la « Cité de turquoise » n'était-il pas Râ lui-même ?

La campagne voisine était riche et verdoyante, procurant aux citadins les denrées nécessaires à une existence agréable ; oignons, poireaux, olives étaient réputés, et les fruits, pommes, grenades, raisins ou figues, avaient un goût de miel. Le bétail bénéficiait d'herbages abondants, et les canaux regorgeaient de poissons. Du lac d'Horus, on extrayait le sel. Quant aux nombreux greniers, emplis d'orge et d'épeautre, ils étaient si hauts qu'ils touchaient le ciel ! Et les scribes ne manquaient ni de papyrus ni de roseaux, fournis par les marais voisins où pullulaient les oiseaux.

— Sacrée belle ville ! dit le capitaine du *Cormoran*

à Setna ; notre roi n'a pas lésiné sur les moyens, et il a eu raison.

Des soldats s'approchaient du bateau, s'étonnant des dommages subis.

— Je vais rédiger un rapport à l'intention des autorités, et j'y citerai ton exploit en long et en large ! Tu seras reçu au palais et décoré. Au fait, mon garçon, quel est ton nom ?

— Oublions cet incident. Si nous avons échappé à ce tourbillon, tout le mérite vous en revient ; je n'étais qu'un passager comme les autres.

Laissant le capitaine bouche bée, Setna s'éloigna.

Certes, il connaissait Pi-Ramsès, mais c'était la première fois qu'il la voyait vraiment. Et il rêvait déjà d'y revenir avec Sékhet, devenue son épouse. Où s'était-elle réfugiée, comment supportait-elle cet exil inattendu ? À l'abri, elle aurait la sagesse d'attendre son retour.

— Tu veux que je te guide ?

Un gamin déluré d'une douzaine d'années se tenait au pied de la passerelle.

— Je m'appelle Dik, je suis fils d'un marchand de légumes, et je connais chaque recoin de la « Cité de turquoise » ! Toi, tu débarques et tu es perdu.

Setna sourit.

— Tu es perspicace, Dik.

— Attention, ce n'est pas gratuit !

— Un petit papyrus neuf et un calame te suffiront-ils ?

Le gamin en siffla d'excitation ; il ne s'attendait pas à un tel pactole ! Il pourrait s'offrir plusieurs paires de sandales, un pagne et des pâtisseries.

— Je t'emmène voir les ateliers et la verrerie, décréta le petit rouquin ; tu auras l'occasion d'y faire des emplettes et d'acheter des cadeaux pour ta fiancée. Demain, d'après l'annonce royale, on fête le nouvel an ! On mangera, on boira, on dansera, on naviguera sur les canaux ; tu n'es pas près d'oublier ça !

Le gamin s'élança, entraînant son client vers les commerces qui rétribuaient ses services. Setna ne manqua pas d'admirer des corbeilles, des tissus, des poteries et divers bibelots.

— Tu n'as envie de rien ? s'étonna Dik.

— J'aimerais voir le palais.

— Normal, on y va ! Mais je te préviens : impossible d'approcher. Les gardes ne badinent pas avec la sécurité du pharaon. Demain, en revanche, on le verra de près, à condition de jouer des coudes et de se frayer un passage à travers la foule ! Moi, je connais un bon coin d'où on pourra l'observer lorsqu'il accomplira le rituel d'offrandes au Nil. Ça t'intéresse ?

— C'est tentant. Toi, tu l'aimes bien, Ramsès ?

— Ah ça, oui ! Ce roi-là, c'est un bon. Comme dit ma mère, on mange à notre faim, on a la sécurité, les impôts sont légers et les juges honnêtes. Et puis il a tapé sur la tête des barbares, et son armée nous protège. Ramsès, c'est un bon de bon !

Rassuré quant à la popularité de son père, Setna suivit son guide, pour lequel la « Cité de turquoise » n'avait effectivement aucun secret. Plus on s'approchait du centre, plus le nombre d'élégants et d'élégantes augmentait. Vêtus de tuniques plissées, les hommes marquaient leur appartenance à l'élite ; et ces dames rivalisaient de beauté, jouant de leur robe rouge, verte ou beige clair, et de leurs bijoux provenant des ateliers d'orfèvres.

Le palais royal trônait au cœur d'un vaste ensemble de bâtiments administratifs dont les façades s'ornaient de milliers de tuiles bleues vernissées, se prêtant au chatoiement des rayons du soleil.

Dik s'immobilisa.

— Comme c'est beau... Et comme j'ai de la chance de vivre ici ! Bon, si on allait manger ?

— Désolé, j'ai des obligations.

— Tu travailles dans un ministère ?

— Non, mais j'ai une mission urgente à remplir.

— Ah... Serais-tu quelqu'un d'important ?

De son sac en cuir, Setna sortit un petit scarabée en stéatite.

— Voici le symbole des métamorphoses heureuses ; je te l'offre, Dik. Garde-le précieusement, il te protégera.

Le gamin contempla l'amulette. Fasciné, il n'osait imaginer qu'elle lui appartînt.

— Prends-la, je t'en prie.

La main tremblante, le rouquin osa.

— C'est à moi... Vraiment à moi ?

— Vraiment.

D'ordinaire volubile, Dik ne savait plus quoi dire.

Il regarda son bienfaiteur se diriger vers le palais royal. Au pied de l'escalier monumental, des soldats de la garde d'honneur.

— Non, pas par là ! cria le rouquin ; ils ne te laisseront pas passer.

Ne tenant pas compte de l'avertissement, Setna poursuivit son chemin.

À l'approche de ce provocateur, un gradé sortit son épée du fourreau, et ses hommes brandirent leurs lances. À la veille de la fête du nouvel an, la grande entrée était interdite.

Dik se mordit les lèvres.

— Il va subir un sale quart d'heure, marmonna-t-il.

Le calme de Setna surprit les militaires ; à l'évidence, ce scribe s'était égaré. N'étant pas armé, il ne paraissait guère dangereux.

Le jeune homme montra son sceau à l'officier.

— Prince Setna... Suivez-moi, je vous prie. Je vous conduis à vos appartements.

Quand il vit son client gravir les marches de l'escalier monumental, Dik fut tellement surpris qu'il faillit lâcher son scarabée.

Seul un membre de la famille royale pouvait bénéficier d'un privilège pareil.

Le scarabée est le symbole des mutations, qu'il s'agisse du passage des ténèbres à la lumière, de l'adolescence à l'âge adulte, de l'aveuglement à la conscience ; sur son chemin, Setna connaîtra un grand nombre de transformations majeures que sa science lui apprendra à maîtriser. (*Livre de sortir au jour*, chapitre 30 B.)

— 3 —

Qui pouvait se douter que l'honorable Kékou, promis à de hautes fonctions, était un mage noir et le voleur du vase scellé d'Osiris ? Seule Sékhet, sa fille, connaissait la vérité. Sa fuite ? La réaction normale d'une jeune femme confrontée à une situation exceptionnelle qu'elle ne savait pas maîtriser. Tôt ou tard, elle lui reviendrait et serait sa disciple.

Kékou voulait s'assurer de la réussite de son opération magique contre Setna, amoureux de sa fille, au même titre que son frère Ramésou, fils aîné du roi. Le mage manipulait ce dernier, mais Setna lui résistait ; en le supprimant, il éliminerait un adversaire dont la force risquait de croître.

Kékou brandit le poignard utilisé lors de la violation de la tombe maudite où était caché le vase scellé. En le pointant vers le ciel, il avait déclenché la fureur du cosmos et brisé les défenses magiques installées par les pharaons. Grâce à cette arme, il connaîtrait le résultat de son maléfice.

Le réseau de dockers à son service lui avait appris le nom du bateau, le *Cormoran*, qui acheminerait Setna à Pi-Ramsès. En l'inscrivant sur un tesson de poterie trempé dans du venin de cobra, qui provenait du laboratoire de sa fille, Kékou s'était acharné à provoquer sa destruction. Une colère du fleuve, un tourbillon fatal, la panique, l'impossibilité de manœuvrer, les hurlements de terreur, la noyade…

Si Setna était mort, la lame du couteau se couvrirait de sang.

L'une des qualités de Kékou était la patience. Apprendre le maniement des forces obscures avait exigé de longues années, parsemées d'échecs et de découragements ; ne s'en prenant qu'à ses propres insuffisances, il s'était contraint à poursuivre ses recherches, jusqu'au triomphe final.

Le temps s'écoula, la lame demeura immaculée.

La conclusion s'imposa : Setna avait échappé au naufrage.

Kékou se sentit à la fois déçu et admiratif. Déçu, parce qu'il aurait préféré être débarrassé de ce scribe ; admiratif de sa capacité de résistance. Ce jeune ritualiste était bien le fils de Ramsès, doté de qualités rares ; le terrasser ne serait pas facile.

De ces échecs, Kékou tirait des leçons ; et celui-là n'était pas anodin. Une puissance particulière, dont Setna lui-même n'avait probablement pas conscience, animait le fiancé de Sékhet. Elle pourrait la contaminer et la détourner du destin qu'espérait son père. À son insu, Setna n'était-il pas l'une des armes majeures contre l'empire du Mal que Kékou désirait instaurer en utilisant le vase osirien ?

Le mage ne mésestimerait pas l'ennemi.

*

Deux cauchemars.

Le premier : mastiquer des concombres, donc rencontrer des difficultés ; le second : boire de la bière chaude, donc perdre ses biens ! Le Vieux glissait sur une pente fatale. Heureusement, un troisième rêve : dévorer un crocodile, ce qui signifiait prouver l'erreur d'un fonctionnaire, une sorte de miracle.

Dès qu'il se réveilla, l'intendant se lava les dents avec de l'eau aseptisée par du natron et une pâte dégraissante ; puis il absorba un peu d'huile de balanite, la datte du désert, lubrifiant les intestins, et une pilule contenant de l'extrait de grenade, remède idéal contre les parasites intestinaux.

Ses articulations se remirent en marche, et son coude se leva aisément quand il s'empara d'une petite amphore contenant un vin blanc sec. Ôtant les brumes du cerveau, éclaircissant la vue, ce cru jeune et léger offrait la vigueur nécessaire à une matinée chargée.

Le Vieux sortit de sa chambrette et partagea son petit déjeuner avec le boulanger, sa famille et ses apprentis ; ce moment convivial lui permettait de vérifier la qualité du pain et d'écouter les critiques dont il tenait le plus grand compte afin d'améliorer la gestion du domaine.

Soudain, les conversations cessèrent.

L'apparition inattendue de Kékou sema l'inquiétude ; le maître des lieux n'avait pas coutume de fréquenter les communs.

— Nous avons à parler, dit-il au Vieux ; suis-moi.

L'intendant se leva.

« Pour lui, pensa le boulanger, la journée débute très mal. »

*

Kékou emprunta l'une des allées de son luxuriant jardin, le Vieux marcha légèrement en retrait.

— L'entretien des massifs de fleurs laisse à désirer, constata-t-il, et je le déplore. Un jardinier malade, un autre incompétent... Je vais arranger ça dès aujourd'hui.

— Je n'en doute pas.

— Alors, c'est la qualité des repas qui vous déplaît ?

— Elle est parfaite.

— Aurais-je commis une erreur grave ?

— Un seul sujet me préoccupe : la disparition de ma fille.

— C'est le cas de toute votre maisonnée.

— Toi, tu es mon intendant ; et je suis persuadé que tu n'as pas tout dit.

— Tout dit... À propos de quoi ?

— De l'enlèvement de Sékhet. N'aurais-tu pas identifié l'un de ses kidnappeurs, voire même plusieurs ?

— Si c'était vrai, mon maître, vous auriez été le premier à le savoir ! Et puisque vous comptez me poser la question, je vous donne la réponse : oui, je me sens responsable de ce drame. J'aurais dû intervenir et m'interposer, mais je n'en ai pas eu le temps. L'affaire était bien montée, croyez-moi !

Kékou parut accablé.

— J'ai confiance en ta parole, le Vieux, et j'espérais mieux. Un nom, un visage... et une piste. N'aurais-tu aucun soupçon ?

— Aucun.

— Sékhet est ma fille unique et une femme extraordinaire. J'ai travaillé ma vie durant afin de lui façonner un avenir radieux... Et la voilà disparue, pour des raisons incompréhensibles !

— La police finira par la retrouver.

— La police...

— Douteriez-vous de Sobek ?

— Il a mobilisé l'ensemble de ses forces et semble décidé à résoudre cette énigme. Puisse-t-il réussir !

Le Vieux approuva d'un hochement de tête.

— Je manque de papyrus, indiqua Kékou ; va m'en chercher en ville.

*

Les sacoches de Vent du Nord, « le chef des ânes », étaient remplies de papyrus neufs, achetés au meilleur prix, à la suite de rudes négociations ; et le Vieux ne plaisantait pas sur la qualité.

Pourtant il avait éprouvé une réelle difficulté à se concentrer, car l'intervention de Kékou l'avait troublé ; n'était-elle pas compréhensible, vu la gravité des événements ?

À l'approche du domaine, l'âne ralentit l'allure. Mesurant un mètre quarante au garrot, pesant près de trois cents kilos, il avait de grands yeux mobiles en amande, le museau et le ventre blancs, la queue peu touffue. Le pied sûr, il choisissait d'instinct le bon chemin et marchait en tête.

— Allez, on rentre ! exigea le Vieux ; je commence à mourir de soif.

Vent du Nord s'immobilisa et dressa l'oreille gauche.

— Comment, « non » ?

L'oreille demeura fermement dressée.

— Y aurait-il... du danger ?

L'oreille droite se leva en signe d'approbation.

— On me menacerait, moi ?

Vent du Nord confirma.

— Me menacer... gravement ?

Nouvelle confirmation.

Le Vieux se gratta la tête ; ainsi, on voulait l'éliminer, et ses soupçons se confirmaient ! Passer outre l'avertissement de l'âne et retourner au domaine ne le condamnerait-il pas à périr ? Après tant de bons et loyaux services, il devait brusquement abandonner son travail et trouver un refuge.

— D'accord, on fait demi-tour.

*

À proximité de l'entrée du domaine de Kékou, deux tueurs attendaient le Vieux.

Le mage manie le couteau
pour trancher l'âme de Setna.
(D'après Champollion.)

— 4 —

Fils aîné de Ramsès et d'Iset la Belle, le général Ramésou, militaire brillant, compétent et courageux, était respecté de l'ensemble des corps d'armée que son père l'avait chargé de commander. Homme de terrain, il avait participé à toutes les campagnes du pharaon et s'était forgé une profonde expérience. Lui était l'homme d'action, son frère Setna un scribe destiné au temple.

Ramésou ne croyait pas à une paix durable avec les Hittites à laquelle travaillait ardemment la Grande Épouse royale, Néfertari, qu'il détestait ; cette femme si intelligente, à la beauté sublime, n'avait-elle pas supplanté sa mère ? La reine commettait une grave erreur en accordant du crédit à la parole d'un peuple d'envahisseurs, repoussé à Kadesh ; profitant d'une longue trêve, les Hittites se réarmaient et préparaient un nouvel assaut.

Grâce aux efforts et à la vigilance du général Ramésou, ils se heurteraient à forte partie, d'autant qu'un désastre avait exigé une mise en alerte permanente de l'infanterie, de la charrerie et de la marine de guerre. Beaucoup d'officiers supérieurs envisageaient une attaque imminente, sans recevoir de confirmation.

En réalité, un autre ennemi menaçait l'Égypte. Lors d'une réunion secrète, Ramsès avait révélé à Ramésou et à un commando formé de quatre hommes sûrs qu'un mage noir s'était emparé du vase scellé d'Osiris, pourtant réputé inaccessible. Entre ses mains, il pouvait devenir la plus terrifiante des armes.

À Ramésou de tenir l'armée prête à combattre, au commando d'identifier le mage, de l'abattre et de retrouver le trésor des trésors.

En décryptant le dernier message codé de Ched le Sauveur, le chef des agents secrets, le général éprouva un certain dépit ; à son avis, malgré sa bravoure et sa fidélité à toute épreuve, Ched ne possédait pas les qualités requises pour mener à bien une mission aussi difficile.

Le texte n'avait rien de rassurant. Ched et ses hommes suivaient la piste d'un Syrien, un nommé Kalash qui, après s'être rendu coupable d'un attentat, avait quitté Memphis à destination de Thèbes, la grande ville du sud. Était-il le voleur du vase scellé, un membre d'un réseau à ses ordres ou un simple délinquant ? Ched pataugeait, et le temps jouait en faveur du criminel.

Ramsès n'aurait-il pas dû confier la direction de l'enquête au général ? Un bon fils respectait les décisions de son père et, plus encore, celles du pharaon.

Au terme d'une journée harassante passée à diriger des manœuvres de charrerie, Ramésou s'offrait un bref moment de repos avant de vérifier, point par point, le dispositif de sécurité prévu pour la grande fête du nouvel an. L'apparition du couple royal provoquerait d'intenses mouvements de foule qu'il faudrait canaliser, en préservant la liesse.

Et si le mage noir tentait de s'en prendre au

monarque ? Cette crainte obsédait le général, bien que les magiciens de la cour fussent capables de protéger au mieux le souverain. Néanmoins, n'existait-il pas un défaut dans la cuirasse et le possesseur du vase osirien ne déploierait-il pas des pouvoirs ravageurs ?

Son aide de camp interrompit les réflexions de Ramésou.

— Général, le prince Setna souhaiterait vous voir.

— Setna, ici, à Pi-Ramsès ?

— Je me suis autorisé à lui dire que votre emploi du temps était surchargé et que vous prépariez un dîner de travail. Dois-je l'éconduire provisoirement ?

— Non, non, qu'il vienne.

En observant Setna franchir le seuil de ses appartements, Ramésou constata que son cadet avait belle allure.

Une seule action d'éclat à son actif, en Nubie, mais elle avait marqué les esprits. En sauvant la vie de Ramsès, Setna s'était montré valeureux, dévoilant un aspect caché de sa personnalité.

Le général n'appréciant pas les congratulations, les deux frères ne s'embrassèrent pas.

— Bon voyage ?

— Le bateau a failli chavirer, et l'on déplore des noyés.

— Un orage ?

— Je ne crois pas.

— À quoi penses-tu ?

— À la sorcellerie. On a déclenché des forces de destruction en utilisant l'énergie du fleuve, et nous avons eu la chance de survivre.

Ramésou masqua son inquiétude : la première agression du mage ? Peu vraisemblable. Pourquoi attaquer Setna, ignorant du drame qui se jouait ?

— À force d'étudier les vieux textes, tu te troubles l'esprit, petit frère ! Notre fleuve est colérique, et les meilleurs marins sont parfois surpris par ses caprices.

Le scribe ne rétorqua pas.

Ramésou exhiba une lettre.

— Voici la missive de Kékou, superviseur des greniers de Memphis, un petit chef-d'œuvre de phrases alambiquées ; si tu as quitté ta chère cité, c'est afin d'éclaircir la situation, n'est-ce pas ?

— Exact.

— Serais-tu enfin devenu ritualiste de Ptah ?

— On m'a accordé cette tâche.

— Tu as réalisé ton rêve ! Félicitations. Nous pourrions fêter ce succès en buvant un vin pétillant, mais ce genre de plaisir t'est interdit.

— Tu te trompes.

— Alors, trinquons !

Ramésou remplit les coupes.

— À la gloire de Pharaon !

— À sa gloire, approuva Setna.

— Assieds-toi, petit frère, invita le général en prenant place sur un siège à pattes de lion. Ta visite me réjouit, elle nous permettra de dissiper d'absurdes ambiguïtés.

— Je m'en félicite.

— Moi de même ! Nous sommes très différents et nous éprouvons cependant une profonde estime l'un pour l'autre, n'est-ce pas ?

— Tu dis vrai.

— Entrer en conflit serait donc stupide !

— J'en conviens.

Les deux frères burent leur première gorgée de vin.

— Mettons-nous à la place de ce pauvre Kékou, proposa le général : les fils de Ramsès amoureux de la même femme, sa fille unique ! Grotesque, et le malheureux est obligé de louvoyer, surtout au moment où il semble s'imposer comme futur ministre de l'Économie. Ne tournons pas autour du pot, Setna ; des dizaines de filles de bonne famille m'adressent des œillades, mais j'ai choisi ma future épouse, Sékhet. Et quand j'ai pris une décision, je m'y tiens.

— Tu oublies un détail : elle ne t'aime pas.

— Quelle importance ? Sékhet est très jeune et n'a pas conscience de son ambition. Lorsqu'elle connaîtra la cour, elle s'épanouira. Sois lucide, petit frère : tu te destines à une carrière d'érudit, enfermé à longueur de journée dans la bibliothèque d'un temple. Et le reste de ton temps, tu le consacreras à célébrer des rituels ! Tu n'as rien compris à la stratégie de Sékhet ; elle t'utilise afin de me provoquer et de m'attirer. Une attitude bien féminine qui a le don de m'amuser et de me séduire ! À présent, le jeu se termine. Désolé, Setna, ta naïveté t'a égaré ; le retour à la réalité est brutal, mais salutaire. Tu suis ton chemin, moi le mien ; et Sékhet m'a choisi.

— Tu la connais mal.

— Ouvre les yeux, frérot !

— Nous avions décidé de nous marier.

— Pure fantaisie ! D'ailleurs, tu as dit : « Nous avions… », et tu confirmes mes propos.

— Nouvelle erreur, Ramésou ; ce n'est pas à cause de toi que notre mariage est différé.

Le général sourit.

— J'attends tes explications.

— Sékhet s'est enfuie de chez elle. La police la recherche.

Ébahi, Ramésou peinait à assimiler cette révélation.

— Tu... tu plaisantes ?
— Malheureusement non.
Le général vida sa coupe ; un pan entier de son avenir s'effondrait.
— Nous la retrouverons, promit-il.

— 5 —

Setna avait passé la soirée en compagnie de sa mère, Iset la Belle, qui bénéficiait d'une somptueuse villa, proche du palais royal. S'affirmant heureuse de son sort, elle s'occupait de sa volière, de son jardin et de son école de musiciennes, fréquemment invitées aux banquets de la cour. Elle ne ressentait aucune animosité envers Ramsès, l'amour de sa vie, et entretenait d'amicales relations avec Néfertari, qu'elle jugeait digne d'être reine. Voir le roi de temps à autre suffisait au bonheur d'Iset, également nourri de la réussite de ses deux fils, un général et un scribe ritualiste.

Setna lui exposa la situation.

— L'urgence consiste à retrouver cette jeune fille, estima-t-elle ; ensuite, il lui appartiendra de choisir son mari. L'un de vous deux éprouvera une cruelle déception, et devra s'incliner. Je parlerais volontiers à ton père, mais tu plaideras fort bien ta cause toi-même !

— S'il tranche en faveur de mon frère, je connaîtrai le désespoir ! J'aime Sékhet, je...

Iset prit les mains de son fils.

— Aie confiance en toi ; si votre amour est authentique, il renversera tous les obstacles.

*

— Comme je suis heureuse de te revoir ! s'exclama Néfertari.

La reine serra dans ses bras le fils cadet de Ramsès.

— Tu te fais rare à la cour !

— Je viens d'être élevé à la dignité de ritualiste du temple de Ptah.

— Ce n'est qu'une étape, Setna, et tu accéderas à d'autres mystères.

La profondeur du regard de la Grande Épouse royale touchait l'âme ; face à elle, l'individu le plus retors perdait pied et devait se dévoiler. Aussi ministres et courtisans ne se hasardaient-ils pas à lui mentir ou à tenter de l'abuser.

— Tu participeras à l'ouverture de la fête, décréta Néfertari, et nous aurons besoin de l'unité de la famille royale. Pharaon se trouve au temple de Râ afin d'implorer la faveur des dieux.

— Redoutons-nous une mauvaise crue ?

— Elle risque d'être insuffisante, en effet ; les ritualistes prononcent des formules de fécondité, il reviendra au roi d'attirer la bienveillance de Hâpy, le génie des eaux. S'il bondit, ce sera la prospérité ; s'il demeure inerte, nous subirons des périodes difficiles.

— Ne pourrais-je rester en retrait ? demanda Setna.

— Figure aux côtés du roi en compagnie de ton frère, je te prie ; votre présence rassurera notre peuple.

Le scribe s'inclina.

*

La nuit avait été courte, on avait envie de vivre chaque instant de cette journée du nouvel an où la bière de fête coulerait à flots. Et Dik, le petit rouquin, fut l'un des premiers à occuper une bonne place sur le quai que gardaient une bonne centaine de soldats. Artisans, commerçants, scribes, paysans, maîtresses de maison, enfants ne tarderaient pas à former une foule compacte, animée d'une espérance : apercevoir Ramsès et Néfertari accomplir l'offrande au Nil et déclencher la crue.

La chaleur devenait étouffante, les terres cultivables se craquelaient, les bassins de retenue étaient à sec ; le pays entier manquait d'eau. Au pharaon de la procurer à ses sujets, en prouvant qu'il attirait la bienveillance des divinités.

Une rumeur commençait à circuler : à l'extrême sud, les préposés au nilomètre auraient constaté une crue insuffisante. Certes, les greniers contenaient d'importantes réserves, mais ce mauvais signe ne signifiait-il pas l'affaiblissement de la puissance du pharaon ?

Dik n'y croyait pas. Ramsès, c'était un bon de bon, et il ne raterait pas son coup !

*

— Je veux parler au roi, dit Ramésou à Néfertari.
— C'est impossible, il se recueille avant le rituel.
— Il doit m'entendre !
— Tu peux te confier à moi.
Le général se rengorgea.
— La sécurité de mon père n'est pas assurée. Trop de monde ! La capitale entière s'est rassemblée, il vaudrait mieux annuler la cérémonie.
— C'est également impossible.

— Je redoute un attentat !

— Pharaon ne saurait se soustraire à ses devoirs sacrés, estima la reine.

— Prévenez-le au moins du danger !

— Je n'y manquerai pas, mais je connais d'avance sa décision.

— J'insiste, le risque est énorme ! Imaginez-vous les conséquences d'un attentat ?

— Ne protégeras-tu pas le roi ?

— Je donnerai ma vie s'il le faut !

— Ta présence et celle de ton frère Setna nous épargneront le pire. Prépare-toi, le peuple nous attend.

À la fois irrité et fasciné, Ramésou ne trouva pas de réplique. Setna... Ce frère effacé affirmait ses ambitions ! Il le défiait en tentant d'accaparer Sékhet et apparaissait au premier plan, lors de ces festivités. Le général avait eu tort de mésestimer son cadet ; en suivant un chemin tortueux, sous son masque d'humble ritualiste, il visait le pouvoir suprême.

— Soyons unis, recommanda Néfertari, car cette fête menace de tourner au cauchemar.

— La crue...

— Les prévisions sont mauvaises.

— Mon père les déjouera !

— Je le souhaite de tout cœur, Ramésou.

*

En ce jour férié, les membres de l'administration étaient une composante majeure de la foule occupant les quais du port de Pi-Ramsès ; eux aussi espéraient voir le couple royal et pousser des cris de joie quand les offrandes, éveillant le génie du fleuve, modifieraient son débit et feraient croître le flot fécondateur.

Pourtant, la morosité se répandait à la vitesse de la rumeur ; cette année, le Nil semblait réticent, et l'on imaginait déjà les conséquences dramatiques d'un manque d'eau.

Abry, haut fonctionnaire du trésor de Memphis, avait été correctement reçu par ses collègues de Pi-Ramsès ; son profil de carrière et la qualité de son rapport lui permettaient d'espérer une promotion et un poste dans la capitale. Nonobstant ces bonnes nouvelles, il s'étonnait de l'atmosphère pesante préludant à l'une des festivités majeures du pays.

Un nerveux le bouscula.

— Oh là, du calme !

— Il faut jouer des coudes, l'ami, si tu désires voir le meilleur ; comme ça se présente mal, on ne veut rien rater. Si le pharaon échoue, tu imagines la panique ! Ah, le voilà !

À la tête du cortège, les porteurs d'offrandes : papyrus couverts de formules magiques, statuettes d'argile symbolisant les fiancées du Nil, gâteaux, fleurs. Les suivaient le général Ramésou, en habit d'apparat, et Setna, sobrement vêtu ; ils précédaient Ramsès, porteur de la couronne bleue et d'un tablier d'or, et Néfertari, éblouissante dans sa longue robe blanche.

En apercevant le scribe, le petit Dik sursauta.

— Je le connais, lui !

— Moi aussi, murmura Abry.

— C'est Setna, le fils cadet de Sa Majesté, précisa un fonctionnaire ; il se montre rarement.

Le couple royal s'approcha de la bordure du quai.

La reine invoqua la déesse Isis, dont les larmes déclencheraient la crue ; et le roi jeta les offrandes au Nil, en priant sa force vitale, Hâpy, d'animer le flot.

Un profond silence s'établit. La prière des souverains serait-elle entendue ?

Abry et les millions d'autres spectateurs commencèrent à douter ; Ramsès ne bénéficiait-il plus de la faveur des dieux ?

L'œil vif, Dik fut le premier à noter la modification de la couleur du fleuve, adoptant une teinte brunâtre, et l'accélération de son rythme.

— La crue, s'exclama-t-il, voici la crue ! Longue vie au couple royal !

Toutes les poitrines reprirent en chœur ce souhait. Lentement, le cortège retourna au palais où se déroulerait la présentation des cadeaux du nouvel an au pharaon, afin qu'il inonde son peuple de richesses.

Le général Ramésou put enfin respirer ; nul attentat n'avait été commis. À présent, il songeait à retrouver Sékhet.

Ramsès s'adressa à Setna :

— Ce soir, mon fils, nous aurons à parler.

Grâce à la justesse de l'action royale, Hâpy, le dynamisme de la crue, procure la prospérité à l'Égypte. (D'après Champollion.)

— 6 —

Le meilleur ami de Setna, Ched le Sauveur, était l'opposé du scribe. Baroudeur, n'aimant que l'action, amateur de femmes et de bonne chère, il avait choisi la carrière militaire où il s'était vite illustré. En empêchant une tribu nubienne d'assassiner Ramsès, il s'était attiré la reconnaissance du roi qui l'avait nommé directeur de la Maison des armes de Memphis. À vingt ans, une belle promotion ! Mais le jeune guerrier n'avait pas joui longtemps de cette sinécure. Appelé à Pi-Ramsès pour y recevoir du roi en personne une mission secrète et dangereuse, il pistait un redoutable Syrien, Kalash, lequel avait tenté de le tuer, lui et ses trois compagnons, en utilisant la magie noire.

Kalash était-il le voleur du vase scellé, dont Ramsès avait évoqué les terrifiants pouvoirs, ou l'un des membres du réseau d'une tête pensante, non encore identifiée ? Et si le commando la repérait, serait-il en mesure de l'éliminer ? Ched aurait préféré combattre un géant à mains nues. Mieux valait ne pas se poser trop de questions et ne songer qu'à l'objectif premier : mettre la main sur ce Kalash, forcément impliqué dans le complot criminel, et le faire parler.

D'après un renseignement obtenu au port de Pi-

Ramsès, Kalash avait pris la fuite en empruntant un bateau à destination de Thèbes ; l'un de ses complices, l'ex-directeur du cadastre, l'accompagnait. Sans doute rejoignaient-ils leurs alliés, qui auraient donc choisi la ville sacrée d'Amon comme refuge, à bonne distance de Memphis et de la capitale.

Le vent du nord soufflait, le bateau progressait à bonne allure. La trogne du capitaine déplaisait à Ched ; avec ses épais sourcils, son petit front et son regard bas, il ne provoquait pas la sympathie. Cependant, il était aux petits soins pour ses passagers et manœuvrait de manière correcte, évitant bancs de sable et divers pièges.

— Vous allez jusqu'à Thèbes ? demanda-t-il à Ched, installé à la proue.

— Possible.

— J'ai beaucoup d'amis commerçants, là-bas, et je vous donnerai leurs noms. C'est une ville magnifique, vous ne regretterez pas le voyage ! Vous comptez y résider ?

— Je ne suis pas certain que ça te regarde.

— Vous savez, moi, je ne me mêle pas des affaires des autres !

— Surtout, continue.

— Je vais chercher de la bière.

Soldats expérimentés, les trois subordonnés de Ched le Sauveur, Némo, Routy et Ougès, préféraient de loin la terre ferme à la navigation, mais elle ne leur coupait ni l'appétit ni la soif.

— On n'avance pas, se plaignit Némo, et j'ai mal aux fesses ; apporte-moi un coussin.

Le capitaine s'exécuta.

Toujours grognon, Némo passait sa journée à mastiquer de petits oignons. Capable d'écraser à mains nues au moins cinq adversaires, il avait hâte d'en découdre et de livrer l'une de ces bonnes bagarres qui vous remettent les idées en place. Tordre le cou d'un magicien noir, syrien de surcroît, ça l'emballait. Conscient du danger, il avait appris, lors de féroces combats, à maîtriser sa peur. Et l'honneur que lui avait accordé le roi en le choisissant comme membre de ce commando était une fabuleuse récompense.

Le jovial Routy se régalait d'une énorme grappe de raisin et d'une jarre de bière, tout en admirant le paysage ; ce moment de répit ressemblait à une friandise. D'ordinaire, on le jugeait inoffensif, et l'on ne pouvait imaginer la rapidité et le déchaînement de violence dont il était capable. Les dizaines de cadavres qu'il avait laissés derrière lui au combat n'étaient plus là pour en témoigner, mais Ramsès, lui, avait repéré ce guerrier hors pair.

Croyant avoir dépassé les limites de l'effroi, Routy constatait son erreur en remplissant cette mission inattendue. Traquer un mage noir, lutter contre des forces obscures, peut-être insaisissables... De quoi cauchemarder. En l'appelant, Ramsès savait ce qu'il faisait, et Routy se montrerait digne de sa confiance.

Ougès, un colosse rouquin, avalait son troisième ragoût. Tueur de Hittites à la bataille de Kadesh, il vouait une admiration sans bornes à Ramsès, qui avait repoussé l'envahisseur. Nombre d'officiers s'étaient enfuis, préconisant la retraite et abandonnant le roi ; refusant d'obéir aux ordres, Ougès avait foncé dans le tas, frappant juste et fort. Avare de paroles, ignorant la crainte, il n'envisageait pas la défaite ; même si cette mission-là apparaissait impossible, il ne reculerait pas.

Pourtant, à cause du maléfice de Kalash le Syrien, Ougès avait failli périr brûlé en explorant la maison de cette ordure. Rancunier, le soldat ne pardonnait pas à ses ennemis ; à celui-là, tordu et lâche, il réservait un sort particulier.

Le colosse devait la vie à une jeune femme médecin, Sékhet, aux compétences exceptionnelles ; il espérait lui apporter les mains et les testicules du Syrien afin de la remercier. Mage noir ou pas, il aurait sa peau.

La chaleur était écrasante, le vent faiblissait.

— Nous allons manquer de bière et de provisions, indiqua le capitaine à Ched ; je suis obligé de faire une courte escale dans un village qui nous en fournira. Vous pouvez rester à bord.

Les marins ramenèrent la voile, le bateau accosta en douceur. Némo sommeillait, Routy rêvassait, Ougès s'enduisait d'une pommade destinée à effacer ses plaies. Ched contemplait le modeste village, composé d'une dizaine de petites maisons blanches qu'ombrageaient des palmiers.

L'heure était à la léthargie. À pas lents, le capitaine et son équipage empruntèrent la passerelle, porteurs de paniers et de jarres vides. Cet effort mériterait une sieste, et le Sauveur lui-même dormait debout.

Thèbes... Une grande cité où il ne serait pas facile de retrouver un fuyard, surtout s'il disposait de sérieux appuis. Alerter les autorités, tenter de se débrouiller seul ? Ched aviserait sur place.

Soudain, une anomalie le réveilla.

Les marins venaient de disparaître, aucun villageois en vue. Ni homme, ni femme, ni enfant, ni animal... Un hameau vide, inhabité !

— C'est un piège ! hurla-t-il.

Les premières flèches jaillirent.

D'un même élan, Ched et ses trois compagnons se jetèrent à plat ventre, le long du bastingage.

Un temps de retard, et ils auraient été transpercés.

— Il doit y avoir un bon paquet de salopards, estima Ougès ; l'équipage et leurs complices qui nous attendaient.

— On est tombés entre les pattes du réseau syrien, conclut Ched.

— Pas question de rester ici, avança Routy ; les prochaines flèches seront incendiaires, le bateau va brûler. Ou nous rôtissons, ou nous serons abattus dès que nous montrerons le bout du nez.

— C'est comme à Kadesh, jugea Némo ; quand on veut sortir d'un guêpier, on attaque.

La première flèche incendiaire toucha la poupe, suivie d'un déluge de traits enflammés.

— Deux à gauche, deux à droite, ordonna Ched ; on contourne et on dévaste.

Ched et Némo d'un côté, Routy et Ougès de l'autre, les quatre hommes se glissèrent silencieusement dans le fleuve, nagèrent sous l'eau et grimpèrent la rive hors de portée de leurs assaillants qui, à l'abri des maisons, continuaient à pilonner le bateau, devenu la proie des flammes.

*

Ils étaient vingt : dix marins et dix archers syriens. Le capitaine avait suivi les instructions, et les Syriens avaient enfermé les villageois dans leurs caves. Pris au piège, les quatre Égyptiens étaient condamnés. Le bateau brûlait, il ne tarderait pas à sombrer, et les poissons se régaleraient des cadavres.

Quand la tornade dévasta les rangs des agresseurs, ils n'eurent pas le temps de réagir. À lui seul, Némo fracassa le crâne de cinq archers pendant que

Ched, maniant son poignard avec vitesse et précision, perçait les chairs de leurs camarades. À coups de poing et de pied, Ougès anéantit l'équipage, pétrifié, et Routy se chargea des fuyards.

En quelques instants, le gang avait été réduit à un amas de pantins désarticulés. Un seul survivant : le capitaine aux épais sourcils.

De son énorme main, Ougès lui serra la gorge.

— Qui t'a donné des ordres ?

— Un marchand syrien, au port de Memphis, je ne connais pas son nom... Il payait bien ! Je devais juste m'arrêter dans ce village... Pour la suite, je ne savais pas !

Le capitaine poussa un couinement et s'effondra.

— Tu as serré trop fort, observa Routy.

— Ce bonhomme m'énervait.

— Il a tout dit, estima Némo, et ce réseau est aussi étendu qu'efficace ; notre séjour à Thèbes risque d'être mouvementé.

— Thèbes n'était qu'un leurre, affirma Ched le Sauveur ; on voulait nous attirer ici et nous supprimer. Kalash n'a pas quitté Memphis, nous y retournons. Cette fois, les dockers vont parler.

— 7 —

En léchant la joue de Sékhet d'une douce langue rose, Geb réveilla sa maîtresse.

— Mon chien... Tu m'as sauvée !

Se dressant, il la regarda avec toute l'intensité de ses grands yeux marron.

— Et tu as faim !

D'un grand battement de queue, Geb approuva. La jeune femme regarda autour d'elle.

— Où suis-je ?

Modeste chambrette, simple natte... Les luxueux appartements de la villa avaient disparu, et la petite fenêtre ne donnait pas sur un vaste jardin mais sur une basse-cour. Migraineuse, Sékhet revint péniblement à la réalité.

Les tueurs, la fuite pendant la nuit, cette ferme... Oui, l'existence de la disciple de la déesse-Lionne Sekhmet était bouleversée. Le destin la plongeait dans la solitude et le désespoir, elle n'avait plus d'avenir.

Le grand soleil d'été illuminait la ferme. La maîtresse de maison lavait ses enfants, le fermier nourrissait les bêtes.

— Avez-vous bien dormi, dame Sékhet ?

— Je vous remercie de votre hospitalité et je souhaite me rendre utile. Auriez-vous un vêtement convenable ?

— Rien de votre rang !

— Une simple robe me conviendra.

— Vous êtes sûre...

— Je vous en prie.

La fermière offrit à Sékhet un sarrau de toile blanche et des sandales de papyrus.

— Je suis désolée, je...

— Accordez-moi le privilège de demeurer quelques jours chez vous. Je suis perdue et j'ai besoin de reprendre mes esprits.

— Reposez-vous et...

— Non, je désire travailler ; disposez-vous d'une réserve d'herbes médicinales ?

— Malheureusement non.

— Je m'en occupe.

Vêtue comme une paysanne, Sékhet découvrit son nouveau domaine, si différent de l'ancien ! Geb rappelant sa fringale, les gamins lui offrirent du pain trempé dans du lait. Le repas avalé, il accompagna sa maîtresse à travers champs.

*

— Ça ne peut pas durer, estima le fermier ; cette femme doit rentrer chez elle.

— Elle s'estime en danger, lui rappela son épouse ; souviens-toi qu'elle a chassé les fantômes de notre maison ! Sans elle, nous aurions dû partir. Lui refuser l'hospitalité serait indigne, et nous mériterions la colère des dieux.

— C'est une grande dame, nous sommes de simples

paysans ! Se mêler de ses affaires nous attirera de graves ennuis.

— Que proposes-tu ?

— Je vais avertir la police.

— Hors de question ! Sékhet veut prendre le temps de réfléchir, et nous sommes son seul refuge. Accordons-lui le délai nécessaire.

— Ensuite ?

— Ensuite, elle décidera comment agir.

— Et ça va durer longtemps ?

— Le temps nécessaire.

— Cette situation me déplaît, je...

— Ne t'en préoccupe plus, et fais-moi confiance. Maintenant, au travail.

Le fermier opina du chef et retourna à l'étable. Quand la crue aurait déposé le limon, les bœufs et les porcs piétineraient les terrains meubles pour y enfoncer les graines que les cultivateurs auraient semées ; mais la présence de la dame Sékhet ne nuirait-elle pas à ces paisibles activités ? En troublant le quotidien d'une famille tranquille, n'attirerait-elle pas le malheur ?

*

En cueillant des simples, Sékhet revivait ses années d'étude et retrouvait un peu de sérénité. La vigilance de son chien la rassurait ; en cas de danger, il ne manquerait pas de l'avertir.

Fatiguée, elle s'allongea, ferma les yeux et goûta le soleil couchant. La douceur de ce moment n'allait-elle pas dissiper le cauchemar ? Comme Setna lui manquait ! Et s'il apparaissait, au détour de la palmeraie, s'il l'emmenait loin de cette épreuve ?

Mais la nuit tomba, il fallait regagner la ferme, et son seul compagnon était le fidèle chien noir.

*

— Je ne possède pas de produits de maquillage, déplora la fermière ; voici deux aiguilles en bois servant à démêler les cheveux.
— Ce sera parfait, dit Sékhet, qui s'habituait à ses nouvelles conditions d'existence et se faisait discrète.
Quand d'autres paysans rendaient visite au maître des lieux et à son épouse, elle se cachait en hâte ; à ses côtés, Geb se gardait d'aboyer.
La cueillette des simples lui avait permis de remplir un coffret contenant des remèdes à nombre de maladies. Grâce à l'huile de pouliot, une variété de menthe, poux, puces et moustiques étaient chassés de la demeure. La famille bénéficiait de ses soins, et Sékhet était la première à manier le balai, imposant de strictes mesures d'hygiène.
Jour après jour, elle tentait d'oublier la terreur de cette sinistre nuit et l'éventuelle culpabilité de son père. Vieillir recluse ici ou ailleurs, quelle importance ?

*

— Lui as-tu parlé ? demanda le mari.
— Elle semble ne pas comprendre et se réjouit de devenir notre servante.
— Je l'avais prédit, elle s'incruste et nous portera la poisse ! Si c'était elle, la criminelle ? Ça expliquerait tout !
La paysanne fut troublée.
— Impossible…

— Au contraire ! Ce n'est pas à nous de régler cette affaire. Cette fois, c'est décidé : j'avertis la police. Si cette fille est innocente, qu'a-t-elle à craindre ?

L'argument convainquit la fermière.

Le mari comptait contacter le surveillant des bornes que des spécialistes remettaient en place après la crue ; la chance le servit, il n'eut même pas besoin de marcher jusqu'au bourg, car il croisa deux costauds armés de gourdins qui interrogeaient un cultivateur.

À l'évidence, des policiers venus de Memphis.

— Hé ! toi, tu es du coin ?

Le fermier opina du chef.

— On recherche une jeune femme qui a disparu.

— La dame Sékhet ?

Les deux costauds se regardèrent, étonnés.

— Tu la connais ?

— Elle a soigné ma famille et nous a demandé l'asile ; on n'a pas pu refuser, vous comprenez ? Elle paraît souffrante, et je m'empressais d'alerter les autorités.

— Bravo, mon gars ! À présent, on s'en occupe. Indique-nous le chemin.

*

Sékhet achevait de nettoyer la cuisine en plein air lorsque Geb sortit brusquement de son demi-sommeil, se campa sur ses grandes pattes, souleva les babines, montra les crocs et émit un grognement rauque, mélange de peur et d'agressivité.

— Du danger ?

Le chien se tourna vers le sentier d'accès à la ferme puis agrippa le bas du vêtement de sa maîtresse.

— Il faut partir, c'est ça ?

La réponse des yeux marron fut sans équivoque ; déjà, le chien prenait la direction du fleuve, invitant Sékhet à le suivre.

Son sarrau, ses sandales de papyrus, son coffret de plantes médicinales équipé d'une cordelette... Elle ne possédait pas d'autres trésors.

Visiblement inquiet, Geb jappa ; Sékhet s'élança, il la guida à travers champs, sortit des cultures et longea les fourrés de papyrus bordant le Nil.

*

— Joli domaine, constata le policier ; tu ne manques de rien.

— Le labeur est rude, rappela le fermier, mais l'on ne se plaint pas.

— Où est la fille ? questionna le second policier, impatient.

— Peut-être dort-elle encore... Je vais demander à ma femme.

— On t'accompagne.

En compagnie de ses enfants, la fermière nourrissait les porcs. Apercevant le trio, elle ressentit un certain soulagement ; son mari amenait des policiers et, la situation éclaircie, l'existence reprendrait son cours normal.

— Nous venons chercher la dame Sékhet.

— La pauvre femme ! s'exclama la paysanne, elle a bien besoin d'aide.

— Où est-elle ?

— Près de la cuisine. Surtout, ne la brutalisez pas ! Elle semble si fragile.

Pas trace de Sékhet.

— On doit fouiller la maison.

Irrités, les deux policiers explorèrent le moindre recoin, sous le regard de la famille.

— L'avez-vous vraiment hébergée ?

— Peu de temps, affirma le fermier.

— Qu'a-t-elle dit ?

— Elle était épuisée, s'est contentée d'un morceau de pain et d'un bol de lait, puis s'est endormie d'un sommeil pesant.

— Pas un mot pour expliquer son comportement ?

— Pas un.

— Si vous mentez, vous aurez de graves ennuis.

— On ne ment pas, déclara la paysanne, et on ne veut rien savoir ; nous, on se contente d'exploiter nos terres et d'élever nos enfants.

— Tu as raison, ces événements ne vous concernent pas ; gardez votre langue, et tout se passera au mieux.

Les deux dockers à la solde de Kékou s'éloignèrent de la ferme ; supprimer ces bouseux ne leur parut pas nécessaire. Ils avaient raté le Vieux, et la fille leur échappait ; inutile de s'attendre à des félicitations.

Seul élément concret : Sékhet continuait à fuir et à se cacher.

La jeune Sékhet, coiffée d'une perruque qu'embaume un cône de parfum, manie un sistre pour dissiper les énergies négatives. (Tombe de Nefer-Hotep.)

— 8 —

Un très petit nombre de privilégiés étaient admis à pénétrer dans le bureau de Ramsès, dont les fenêtres donnaient sur le jardin du palais et les temples de la capitale. La journée du pharaon était harassante : rituel de l'aube, réception des ministres, rituel de midi, déjeuner de travail, étude des dossiers urgents, accueil des gouverneurs de province, des dignitaires et de divers responsables, rituel du crépuscule, dîner protocolaire. À ce quotidien s'ajoutaient les voyages et les visites des principales villes du pays. Rares étaient les moments de repos, courtes les nuits. En étant initié à sa fonction, Ramsès avait conscience qu'elle dévorerait l'homme ; dépositaire du testament des dieux, le pharaon était l'indispensable lien entre l'invisible et le visible, l'au-delà et l'ici-bas. En sa personne symbolique, son peuple se rassemblait pour l'éternité.

Parfois, le roi avait besoin de solitude. Murs blancs sans décor, grande table, fauteuil à dossier droit, armoire à papyrus, carte du Proche-Orient et statue de son maître spirituel, son père Séthi Ier, au pied de laquelle était posée sa baguette de sourcier : ce cadre permettait au monarque de prendre du recul, d'asseoir sa réflexion et de préparer ses décisions.

La fête du nouvel an ressemblait à un triomphe. La crue bondissait, son niveau s'annonçait excellent, la totalité des terres cultivables serait irriguée, les bassins de retenue remplis à ras bord. La liesse envahissait les rues de Pi-Ramsès, vin et bière coulaient à flots. Une fois encore, le pharaon avait attiré la faveur des dieux et garanti la prospérité ; les poètes ne manqueraient pas de composer des hymnes à sa gloire.

Le monarque contemplait sa cité, à la fois rempart contre l'adversité et célébration de la beauté, résultant de la communion de ses artisans avec les forces créatrices. À ce jour, Pi-Ramsès était l'emblème de la paix et du bonheur d'une civilisation millénaire. Résisterait-elle aux assauts des ténèbres ?

— Entre, Setna, et referme la porte.

Ramsès avait ressenti la présence de son fils, à la fois discrète et impérieuse.

Le souverain se retourna.

— Ce matin, tu as contribué à l'unité de la famille royale, et je t'en sais gré. Toi et ton frère êtes fort différents, mais chacun doit remplir ses devoirs. Le grand prêtre de Ptah m'a appris que tu avais franchi la porte du temple et que tu étais devenu ritualiste, à l'issue des purifications.

— J'ai vécu un grand bonheur, père.

— Ce n'est que le début d'un long chemin, Setna ; atteindre les grands mystères exige des efforts considérables et une persévérance dont peu d'êtres sont capables.

— Tel est cependant mon désir ; j'espère honorer la mémoire du Chauve, mon regretté professeur.

— C'est une grande perte, en effet. Quelles que soient tes intentions, tiens-toi à la disposition de l'État.

Setna redoutait d'entendre ces paroles.

— Ramésou est général, moi ritualiste ; je ne possède pas ses compétences et...

— C'est à moi d'en juger, Setna ; dois-je rappeler à un scribe d'élite qu'il est bon pour un fils d'écouter les paroles de son père ?

— Écouter est lumineux et utile pour un fils obéissant, poursuivit le jeune homme en citant les *Maximes* de Ptah-Hotep ; ainsi, ses démarches seront couronnées de succès.

Ramsès apprécia la réplique ; son cadet n'était ni un mou ni un indécis.

— Ouvre ton cœur, Setna.

— Ramésou et moi aimons la même femme.

— À elle de choisir son mari ; le sujet est clos.

Le scribe se retint de proclamer sa joie ; Ramésou ne pourrait pas imposer sa loi !

À la suite de cette décision, il aurait aimé reprendre son souffle, mais le regard pénétrant de son père l'en dissuada.

— J'ai assisté à l'agonie du Chauve, révéla-t-il, et il m'a confié une mission.

— Asseyons-nous, préconisa le monarque.

Père et fils s'installèrent face à une fenêtre. En fête, la ville illuminée s'adonnait à la danse et aux chansons.

— Et tu lui as promis de la remplir, fût-ce au péril de ta vie et malgré de terrifiantes épreuves.

Setna frissonna ; le roi lisait en lui !

— Le Chauve m'a appris l'existence d'un *Livre des voleurs*, indiquant l'emplacement des demeures d'éternité et des richesses qu'elles contiennent ; jamais il n'aurait dû sortir des archives sacrées ; d'après lui, il aurait été dérobé !

— Et c'est à toi de le retrouver.

— Je m'y suis engagé.

— As-tu commencé tes investigations ?
— Le hasard s'en est mêlé ! L'intendant de Kékou, le père de ma fiancée, m'a raconté d'étranges mésaventures, survenues près d'une sépulture de la nécropole de Memphis, la tombe maudite. Il prétend avoir vu une sorte de mage sortir un trésor de cette tombe et supprimer ses complices. Or, selon le Chauve, un mage serait en possession du *Livre des voleurs* ; le même homme ne l'aurait-il pas utilisé afin de repérer ce sanctuaire, contenant un objet aux pouvoirs redoutables ? De plus, mon meilleur ami, Ched le Sauveur, a été chargé d'une mission secrète, et je me demande si elle n'est pas reliée à cette sombre affaire. Pour y voir clair, une seule solution : explorer la tombe maudite. Et je suis venu solliciter votre autorisation.

Ramsès considéra son fils d'un œil nouveau.

— Tu as parcouru un long chemin, Setna, et tes conclusions sont malheureusement fondées.

La gravité du ton impressionna le scribe.

— Père, acceptez-vous de me confier la vérité... Toute la vérité ?

— L'abomination de Dieu est la fausseté de la parole ; Pharaon doit nouer des paroles justes et gouverner ainsi le navire de l'État. Quand le mensonge prend la route, il s'égare et voyage mal ; qui croit s'enrichir en mentant deviendra stérile. Mentir perturbe la circulation de l'énergie et provoque de graves déséquilibres. Mon premier devoir, Setna, consiste à mettre la vérité à la place du mensonge ; s'il en était autrement, l'harmonie disparaîtrait et notre société s'effondrerait. Parfois, la vérité est difficile à entendre ; et qui l'entend risque de voir son existence bouleversée.

— Elle l'est déjà, père ; la femme que j'aime a

disparu, et j'ai contemplé la tombe maudite en sachant qu'il me faudrait en franchir le seuil.

Ramsès se souvint de la naissance de son fils. Hathor, déesse des étoiles, et ses sept fées s'étaient penchées sur le berceau de Setna, lui promettant un destin exceptionnel. En lui offrant sept bandelettes de fil rouge, elles l'avaient protégé de l'agression des forces obscures, façonnant une âme capable de percevoir la lumière secrète, présente au cœur des multiples formes de la vie.

— Le bateau qui m'emmenait à Pi-Ramsès a failli sombrer, ajouta Setna ; grâce à l'amulette offerte par le Chauve, j'ai repoussé un maléfice. Et j'ai engagé mon existence auprès du grand serpent de la crue.

— Toi, mon fils, tu t'es proposé en offrande !

— C'était le seul moyen de sauver un maximum de passagers et de marins ; beaucoup, hélas ! ont péri.

— J'apaiserai le serpent de la caverne où naît le fleuve ; et tu mérites de connaître l'entière vérité.

Le roi ne s'attendait pas à voir Setna au centre du drame ; il n'avait plus en face de lui un adolescent, mais un homme jeune que de rudes épreuves commençaient à façonner. Ramsès se leva et contempla sa ville.

— Le premier couple royal était formé d'Osiris et Isis, reprit-il ; Seth assassina Osiris et le découpa en morceaux. Isis les rassembla, le ramena à la vie, et le miracle de cette résurrection est aussi celui de notre civilisation, le socle sur lequel elle est bâtie. Isis avait recueilli les écoulements et les lymphes d'Osiris dans un vase à jamais scellé ; préservant l'ultime secret, celui de la vie renaissant de la mort, il devait rester hors d'atteinte. Toutes les précautions furent prises, les dynasties se succédèrent, le secret fut bien gardé... jusqu'à cette catastrophe. Comment le mage a-t-il découvert l'existence de ce vase scellé ? Sans doute en extorquant les confidences d'un vieux ritualiste naïf. Et le *Livre des voleurs*, qu'il a dérobé, lui a appris l'emplacement de la tombe maudite où était dissimulé ce trésor.

— N'était-elle pas protégée ?

— Les magiciens de la cour m'avaient garanti son inviolabilité ! Et ce ne sont pas des incapables. Les barrières mises en place semblaient infranchissables, seul un génie du Mal pouvait s'emparer du vase. Un génie dont les pouvoirs sont terrifiants et l'identité encore inconnue. C'est pourquoi j'ai confié à Ched le Sauveur et à trois braves la mission de la découvrir ; quant à Ramésou, il tient l'armée en état d'alerte. À Louxor, la puissance du *ka* est quotidiennement sollicitée pour assurer la protection du pays, et le corps des magiciens d'État prend des mesures défensives. Mais seront-elles suffisantes contre le possesseur du vase scellé d'Osiris ? Si le mage parvient à développer sa puissance destructrice, nous serons condamnés à périr. Je ne t'imaginais pas mêlé à cette tragédie, Setna ; à présent, tu connais la vérité et la nature du combat à mener.

— Je suis à votre disposition, Majesté, et je réitère mon désir de pénétrer à l'intérieur de la tombe maudite, avec la conviction d'y trouver des indices qui nous permettront peut-être d'identifier le criminel et de renforcer notre capacité de lutte.

— Le danger sera extrême, mon fils.

— Ne sommes-nous pas tous menacés, le but de ce mage n'est-il pas d'instaurer l'empire du Mal ? Si le sacrifice d'un seul nous procure la victoire, reculer serait la lâcheté suprême.

Ramsès découvrait la vraie personnalité de son fils, bâtie par les sept fées de la déesse des étoiles.

— Mon accord ne suffira pas, précisa le monarque.
Setna fut étonné.
— Qui d'autre exercerait son pouvoir de décision ?
— Retourne à Memphis et rends-toi au plateau de Gizeh où se dressent trois pyramides. Le grand sphinx garde cette trinité, et c'est à lui que tu t'adresseras pour savoir s'il te reconnaît apte à remplir cette mission.
Setna s'inclina.
— Je partirai à l'aube, Majesté.
Resté seul, Ramsès médita longuement. L'avenir s'annonçait sombre, la réponse du sphinx était imprévisible, le mage noir préparait ses assauts. Une seule certitude : Setna avait l'étoffe d'un roi.

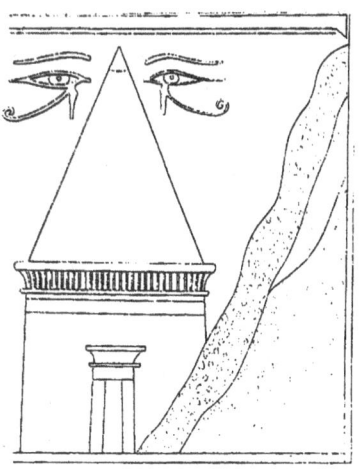

La tombe interdite, au pied d'un monticule de sable.
Deux yeux la surveillent.
(D'après Champollion.)

— 9 —

— Tu sais, camarade, dit le Vieux à Vent du Nord, on est dans la panade, et pas qu'un peu !

En signe d'approbation, l'âne leva l'oreille droite.

— Ce monstre de Kékou voulait tuer sa fille et maintenant, il s'en prend à moi ! Témoin gênant à supprimer, bien sûr... De son point de vue, j'en sais trop, beaucoup trop ! Il va me coller aux fesses ses tueurs et la police, qui s'empressera d'obéir aux ordres de ce grand personnage. Faut se planquer, camarade, et laisser passer l'orage.

Le quadrupède approuva de nouveau.

— L'ennui, c'est que cet orage-là risque de durer... Et si Setna ne revenait pas de Pi-Ramsès, et si la petite n'échappait pas à ses poursuivants ? Heureusement, elle a Geb. Il la protégera. Bon, on ne traîne pas.

Vent du Nord pressa l'allure, et les articulations du Vieux furent obligées de suivre.

— Évidemment, tu sais où nous allons ! Toi, mieux vaut t'avoir comme allié.

Unique réconfort : le lot de papyrus que transportait le quadrupède. Une véritable petite fortune qui permettrait à l'ex-intendant de surnager.

Prudent, Vent du Nord choisit le trajet le moins

fréquenté ; à plusieurs reprises, le Vieux se retourna et fut rassuré : pas de suiveurs.

Certes, une bonne journée de marche, mais un abri sûr dont Kékou ignorait l'existence : sa vigne, en lisière du désert. Il y jouissait de son rare temps libre et avait aménagé une cave dotée d'un parfait système de sécurité. Double porte, trois verrous, clé cachée sous le sable. Vu les grands crus conservés, ces précautions s'imposaient. Aujourd'hui, elles lui sauvaient la vie.

À l'approche de son domaine, le Vieux redoubla d'attention.

Vent du Nord se mit à déguster des touffes d'herbe, il était donc enfin possible de se détendre. Le Vieux délesta l'âne de ses sacoches, retrouva sa clé et ouvrit les portes de son refuge.

Épuisé, il s'offrit une goulée de rouge aux arômes admirables ; ses artères se dilatèrent, la fatigue s'effaça. Goûter une bonne nuit en sécurité le remettrait d'aplomb et l'autoriserait à envisager un avenir.

*

Sobek, chef de la police de Memphis, dormait mal. Fonctionnaire modèle, pointilleux, il donnait pleine satisfaction au maire de la vieille cité. Esprit simple, le géant appliquait une règle inflexible : un délinquant est un délinquant, il fallait l'arrêter et l'emprisonner. Le reste concernait les juges. En raison de l'efficacité de ses subordonnés, la ville restait tranquille et le taux d'infractions remarquablement bas ; néanmoins, Sobek demeurait vigilant, conscient que le moindre relâchement provoquerait une dégradation.

Et la disparition de Sékhet, fille unique d'un notable, lui tombait sur la tête ! Les investigations de ses équipes d'enquêteurs n'aboutissaient à rien, personne n'avait vu la jeune femme. Sobek n'osait songer à un crime.

Et voilà que Kékou le convoquait à sa villa !

Impossible de se dérober en inventant un prétexte administratif ; Kékou était un ami proche du maire, lequel ne tarderait pas à exiger des résultats. Abandonnant des dossiers mineurs, le chef de la police se rendit chez le superviseur des greniers.

Kékou contrôlait l'activité de sa brasserie ; en sa présence, les techniciens redoublaient leurs efforts.

— Où en sommes-nous, Sobek ?
— Pas trace de votre fille.
— Disposes-tu d'effectifs suffisants ?
— Honnêtement, oui ; nous avons procédé à quantité d'interrogatoires et vérifié en vain plusieurs pistes. Votre fille a choisi une excellente cachette.
— Parfois, j'envisage le pire...
— Les seuls crimes commis à Memphis sont des règlements de comptes entre étrangers, et ils sont très rares ; ne désespérez pas et accordez-moi votre confiance.

Le maître du domaine quitta la brasserie ; Sobek l'accompagna jusqu'à un banc de pierre, installé sous un sycomore.

Kékou s'assit.

— Un incident étrange à te signaler : la disparition de mon intendant. Un homme intègre, travailleur, attaché à cette propriété. Je l'avais envoyé acheter des papyrus, il n'est pas rentré. Sans doute a-t-il été victime d'un malaise, voire d'un attentat. À moins...
— À moins ?
— Le Vieux serait-il mêlé à la disparition de ma fille ?

— Un complot ?
— Pourquoi pas ?
— Il s'agirait donc d'un enlèvement ! Vous a-t-on réclamé une rançon ?
— Pas encore.
— Si je comprends bien, c'est votre intime conviction.
— Une hypothèse qui prend corps, admit Kékou ; je suis un homme riche et influent, objet de jalousies ; en atteignant ma fille, on me touche au cœur.
— On n'a jamais commis pareille atrocité à Memphis !
— Les temps changent, Sobek.

Le chef de la police était tourneboulé ; cette affaire le dépassait.

— Soupçonnez-vous quelqu'un ?
— Mes réflexions n'ont pas abouti. Quel être serait assez abject pour se rendre coupable d'un tel délit ? Pourtant, ma fille et mon intendant ont disparu ! Sont-ils deux victimes, ou le Vieux est-il complice d'un monstre ? Je suis perdu, Sobek, et tu es mon seul espoir.

Touché par la détresse du notable, le chef de la police se promit de réussir.

— Vous avez raison, je manque d'effectifs ; dès demain, je déploie la totalité de mes hommes.

*

Au port de *Bon-Voyage*, les dockers étaient répartis en équipes s'occupant chacune d'un secteur du quai, et pas un professionnel ne s'aventurait à franchir des frontières invisibles, unanimement reconnues. Les Syriens ne se mélangeaient pas aux Memphites, lesquels regardaient de haut les provinciaux ; tous, cependant, se méfiaient de la police qui patrouillait fréquemment. Incorruptible, le chef Sobek n'était pas un tendre et ne supportait pas le moindre désordre. En cas de conflit, les dockers s'expliquaient entre eux, dans un coin tranquille.

Assis à l'ombre, l'imposant Némo assistait au déchargement d'un cargo transportant des jarres à huile. Il dévorait sa cinquième tranche de bœuf séché quand un barbu d'une centaine de kilos l'apostropha :

— On se repose, l'ami ?
— Ça ne se voit pas ?
— On n'aurait pas envie de travailler ?
— Ça dépend.
— Deux grosses journées de chargement. J'ai un gars malade, tu me parais capable de le remplacer.
— Combien tu paies ?
— Les repas, une jarre de bière, une paire de sandales neuve.
— Je préfère me reposer.
— Dis donc, l'ami, faut pas exagérer ! C'est un bon salaire.
— Alors, tu ne manques pas de candidats.
— Mon problème, c'est qu'on commence tout de suite. Deux paires de sandales ?
— Et deux jarres de bière.
— T'es hors de prix, toi ! À ce tarif-là, pas question de rêvasser.
— On y va ?

Le recruteur ne fut pas déçu ; à lui seul, Némo accomplit la tâche de trois dockers. Silencieux, ne s'occupant que de ses ballots, il fit gagner un temps précieux à l'équipe. Le labeur terminé, il toucha sa solde et retourna s'asseoir à l'ombre afin de se désaltérer.

Le patron s'approcha.

— T'es bâti pour ce métier, mon gars.

— Possible.

— T'es en règle ?

— Autant qu'on peut l'être.

— J'ai du flair, moi, et j'ai l'impression que t'as de gros soucis.

— Possible.

— Ça pourrait s'arranger... Au port, je connais tout le monde.

— Même le dernier des salauds ?

Le patron eut un haut-le-corps.

— Ça signifie quoi ?

— Une pourriture a oublié de me payer mon dû, et je suis rancunier.

— Un type d'ici ?

— Un marchand syrien qui se répandait en belles promesses.

— Tu connais son nom ?

— Celui-là, je ne l'oublierai pas ! Il s'appelle Kalash.

Le patron se gratta le menton.

— Si je me renseigne, tu rentres dans mon équipe ?

— Ça se discute.

Némo reprit le travail, et son efficacité ne se démentit pas. Grâce à lui, ses collègues quittèrent le port bien avant l'heure prévue.

Et le patron réapparut.

— Ton Kalash, il n'est pas frais.

— Je te l'ai dit : le dernier des salauds.

— Tu n'es pas sa seule victime ! Comme il craint les représailles, il se planque. Et je sais où.

— Un beau cadeau...
— En échange, tu travailles pour moi.
— Marché conclu.
Les deux hommes topèrent.
— Et c'est où ? demanda Némo en déployant son impressionnante carcasse.
— Une maison du quartier des artisans. Je te conduis, je te l'indique et tu te débrouilles ; la suite ne me concerne pas. Et demain matin, tu charges.

— 10 —

Le quartier des artisans s'assoupissait. À la tombée du jour, on rangeait les outils et les ateliers s'apprêtaient à fermer. Çà et là, des lampes s'allumaient ; des travaux urgents à terminer.

Némo suivait le barbu qui sortit de l'artère principale pour emprunter des ruelles de moins en moins fréquentées et aboutir à une impasse.

— Tu lui veux quoi, à Kalash ?
— Je crois te l'avoir dit : obtenir mon dû.
— Les employés du Syrien, je les connais ; et tu n'en fais pas partie. J'ai l'impression que tu m'as raconté des histoires.
— Il habite dans cette impasse ?
— Tu es trop curieux, mon bonhomme ; mes amis ont envie de te poser quelques questions.

Cinq costauds entourèrent le barbu, interdisant toute fuite à Némo. Armés de gourdins, ils affichaient une mine hostile.

— Tu ne serais pas syrien, par hasard ? interrogea le grognon en mastiquant un oignon.
— Tu es perspicace !
— J'ai un aveu à t'offrir.
— Excellente initiative ! Je t'écoute.

— Ta bande de médiocres, je pourrais l'exterminer à moi seul.

Les Syriens se regardèrent, amusés.

— Eh bien, ne te gêne pas !

— Kalash a tenté de tuer un frère d'armes, et ça m'ennuierait de le priver d'un petit plaisir avant de t'extirper tout ce que tu sais. Aujourd'hui, j'ai assez travaillé.

Il y eut un instant de flottement.

Troublé, l'un des Syriens se retourna. Il aperçut à peine l'énorme poing d'Ougès qui lui fracassa le crâne. Sous l'œil tranquille de Némo, de Routy et de Ched le Sauveur, le rouquin, placide, assomma deux autres dockers, lents à réagir, et para la contre-attaque de leurs camarades. Légèrement irrité à la vue d'un couteau, il cassa le bras de l'agresseur et s'en servit comme d'un bélier afin de défoncer la poitrine du dernier.

L'affrontement avait été d'une brièveté incroyable. Effaré, le barbu commençait à trembler ; jamais il n'avait rencontré pareil démon !

La main d'Ougès se referma sur son cou et le souleva de terre.

— Maintenant, tu causes ! Où se cache ton patron, Kalash ? Ne me fais pas attendre, ça m'énerve. Et quand je suis énervé, je ne sens plus ma force.

— Pose-moi, supplia le Syrien en gargouillant, je parle !

Tassé contre un mur, le barbu se tâta le cou, à moitié broyé.

— En réalité, je ne sais rien... Kalash a quitté Memphis depuis longtemps.

Ched le Sauveur s'approcha.

— Cette attitude n'est guère raisonnable. Tu t'es

rendu cet après-midi chez ton patron pour y recevoir des consignes, et il t'a ordonné de tendre ce guet-apens.

— Non, je...

— Mon ami va vraiment s'énerver et tu souffriras beaucoup ; il a la manie de briser les os un à un avant d'assener le coup fatal.

Cette voix posée ne plaisantait pas ; le barbu céda.

— C'est vrai, je suis allé chez Kalash.

— Tu progresses ! Où se cache-t-il ?

— Près du port... C'est difficile à trouver.

— Tu vas nous y conduire.

— Moi ? Mais...

— C'est ta seule chance de survivre, précisa Ched ; essayer de nous tromper te serait fatal.

— En route, exigea Némo qui releva le Syrien.

— Il y a de nombreux gardes !

— On s'en accommodera.

*

Le soleil de l'aube illuminait les pylônes des temples de la capitale. Ramsès avait choisi le sanctuaire de Râ pour y ouvrir les portes du naos, réceptacle de la puissance créatrice. Au même instant, dans tous les édifices sacrés du pays, des ritualistes agissant en son nom accomplissaient un geste identique. Par l'éveil de ces énergies, la vie se perpétuait, et la lumière devenait nourricière. À Louxor, le grand prêtre, conformément aux ordres du pharaon, maintenait le *ka* royal au maximum de son intensité ; seul son rayonnement pouvait protéger le pays d'une utilisation néfaste du vase scellé d'Osiris, mais ce rempart ne céderait-il pas sous des assauts répétés ?

Jamais les Deux Terres n'avaient été confrontées à

un tel péril, le monarque manquait de point de repère. Il faudrait inventer des parades, s'adapter aux circonstances, tenter en permanence d'éviter le pire.

Et d'abord, identifier le mage, voleur et assassin, en quête de pouvoirs capables de détruire l'État, de répandre le Mal et le chaos. À l'évidence, ce génie des ténèbres avait préparé son forfait de longue date et ne redoutait pas un combat acharné.

D'après le dernier rapport de Ched le Sauveur, adressé au général Ramésou, une seule certitude : l'existence d'un réseau de Syriens, déterminés et dangereux. Le commando tentait de remonter à sa tête.

Le souverain bénéficiait d'une aide précieuse : ses deux fils. Courageux, excellent soldat, conscient de ses devoirs, Ramésou ne reculerait devant aucun ennemi ; et Setna venait de révéler sa vraie nature, dont il ignorait encore toute la richesse. Quelle réponse le grand sphinx de Gizeh donnerait-il ? S'il l'autorisait à franchir le seuil de la tombe maudite, le scribe risquerait sa vie. Et s'il en ressortait indemne, porteur d'informations majeures, son destin serait profondément modifié.

Ramésou et Setna amoureux de la même femme... Elle devait posséder d'immenses qualités ! En cette matière, la loi interdisait au monarque de trancher. À cette jeune personne, si courtisée, de choisir son mari. Ramésou et Setna, les fils de son premier amour, Iset la Belle, qui demeurait proche de lui, en dépit de la présence rayonnante de Néfertari, adulée de son peuple... Il fallait parfois emprunter d'étranges détours. Au-delà des méandres humains, seule la fonction importait ; et celle de Ramsès consistait à gouverner l'Égypte, la terre aimée des dieux.

*

Officiellement, Ramésou embarquait pour Memphis afin d'y vérifier l'état des troupes et des casernes ; il tenait à constater *de visu* la stricte application de ses ordres et ne tolérerait pas la moindre incartade. Aussi avait-il réuni l'ensemble de ses officiers supérieurs et leur distribuait-il les consignes à observer pendant sa brève absence. En cas d'incident notable, un courrier militaire le préviendrait, et le général serait rapidement de retour.

En réalité, Ramésou avait décidé de prendre en main l'affaire de la disparition de Sékhet, sa future épouse. Que dissimulaient les déclarations confuses de Setna, dépassé, incapable d'éclaircir la situation ? Si la police pataugeait, ce serait à l'armée d'intervenir. Dans l'Égypte de Ramsès, une femme ne s'évanouissait pas sans laisser de traces, surtout lorsqu'elle était promise à son fils aîné ! Hypothèse probable : Setna la cachait quelque part. Et Ramésou la débusquerait, mettant fin à ces enfantillages.

À la sortie de la réunion d'état-major, l'aide de camp aborda le général. À son attitude, Ramésou comprit qu'il s'agissait d'un rapport confidentiel et l'entraîna loin des yeux et des oreilles.

— Ça concerne votre frère.
— Je m'en doutais ! Est-il resté au palais ?
— Non, il l'a quitté ce matin, à destination de Memphis ; mais il a passé une grande partie de la soirée d'hier en compagnie du roi, dans son bureau.

« Un privilège rare », pensa Ramésou, irrité.

— Qui Setna a-t-il rencontré pendant son séjour ?
— Sa mère, Iset la Belle, et la Grande Épouse royale, Néfertari.
— Personne d'autre ?
— Il ne semble pas.

— Pas de démarche officielle ?
— Non, général.
— Surveille mes officiers supérieurs et préviens-moi si l'un d'eux outrepasse ses prérogatives. Mes bagages sont prêts ?
— Votre bateau vous attend.

Ramésou espérait un prochain rapport de Ched le Sauveur, dont l'enquête piétinait ; comme prévu, il se révélait inefficace. Placé devant les faits, le roi serait contraint d'en confier la direction au général.

L'univers est un temple. À l'aube, ses portes s'ouvrent, et un nouveau soleil se lève, sortant de la chapelle de l'Orient. Il prend la forme d'un dieu à tête de faucon qui donne la vie. (*Livre de sortir au jour*, chapitre 17.)

— 11 —

Le marchand Kalash n'appréciait que modérément cette interminable période de réclusion, conséquence de l'envoi d'un commando qui s'acharnait à le retrouver. Il n'aurait pas dû survivre à l'incendie de son ancienne demeure, mais la chance l'avait servi ; en revanche, les hommes de Ramsès n'échapperaient pas au piège tendu entre Memphis et Thèbes où Kalash, selon de fausses rumeurs, avait décidé de se réfugier. Si, par miracle, un des soldats sortait indemne du traquenard, il n'irait pas loin.

Au port, le gang des dockers syriens veillait. Quiconque posait des questions à propos de Kalash était rapidement supprimé ; dix solides gaillards, excellents manieurs de couteau, assuraient la sécurité de leur patron.

Le Syrien haïssait Ramsès, l'Égypte et les Égyptiens. Détruire ce monde-là était devenu son obsession. Il voulait rétablir la loi des coureurs des sables, mettre le profit au pinacle, soumettre les femmes, créatures inférieures, et imposer la suprématie des chefs de tribu. En rencontrant Kékou, il avait enfin envisagé la concrétisation de son rêve ; ce notable partageait ses ambitions et lui proposait le moyen de les réaliser.

Certes, il fallait courir des risques, mais l'enjeu l'exigeait ; si Kékou disposait d'une arme assez puissante pour abattre le pharaon et ravager les Deux Terres, l'aventure serait exaltante !

Kalash avait organisé un vaste réseau, offrant à Kékou une indispensable logistique. Vu leur salaire, les Syriens de l'ombre se réjouiraient de briser les initiatives d'un Ramsès de plus en plus désemparé. Le fier guerrier de Kadesh ne s'attendait pas à affronter des forces aussi obscures qu'insaisissables.

À l'issue du triomphe final, pouvoir et fortune ! Les temples rasés, les survivants réduits en esclavage et les Syriens régnant d'une poigne de fer... Cette vision rendait Kalash inébranlable.

Caché au cœur d'un quartier aisé, entre le port et les bâtiments administratifs de Memphis, il savourait les plats de son cuisinier et goûtait d'excellents crus. Bientôt lui parviendrait la nouvelle de la destruction du commando lancé à ses trousses, et le commerçant reprendrait ses activités, afin d'enrichir son réseau et d'augmenter le nombre de ses membres.

Son intendant s'inclina.

— Une femelle, seigneur.

— Dénude-la.

La tête de la prostituée était couverte d'un épais voile noir ; Kalash ne supportait pas le regard de ces filles de joie. Il prenait vite son plaisir, sans prononcer un mot, et payait mal.

L'un des gardes apparut.

— Le recruteur souhaite vous voir, seigneur.

Kalash sourit. Enfin, des nouvelles !

— Renvoie la fille et amène-le-moi.

Le barbu avança d'un pas hésitant dans la salle de réception ; d'ordinaire, il était sûr de lui.

— Que t'arrive-t-il ? s'étonna Kalash.
— Seigneur...
— Je t'écoute.
— Seigneur, je...
— Eh bien, parle !
Le recruteur s'approcha.
— Je suis venu pour...
Les mains du bonhomme tremblaient.
Se fiant à son instinct, Kalash se leva et se précipita vers la pièce d'à côté à l'instant où le recruteur brandissait un poignard.
— Je dois vous tuer, seigneur ; sinon, les autres me massacreront !
Le garde ceintura le barbu qui tenta de s'en débarrasser ; les deux lutteurs roulèrent au sol et s'entre-égorgèrent.
Faisant irruption, Routy enjamba les corps, à la recherche de Kalash ; ses camarades achevaient d'éliminer leurs adversaires, surpris par la violence de l'assaut.
— Montre-toi, salopard !
Au fond de la salle de réception, une petite porte. Elle donnait accès à un minuscule bureau encombré d'archives ; d'épais tapis recouvraient un dallage. Routy les souleva et découvrit une trappe qu'il releva d'un geste sec.
Un tunnel menait à l'extérieur.
S'y engouffrer... Routy se retint. Piégé, forcément piégé !
Ougès se porta aux côtés de son collègue.
— C'est nettoyé.
— Le Syrien s'est enfui, et ce boyau ne me dit rien qui vaille.
Soudain, des vapeurs fétides jaillirent du tunnel, et

les deux hommes s'écartèrent juste à temps. Décolorés, les tapis se mirent à fumer, rongés par un acide.

— Ce salopard est aussi un tordu, constata Ougès ; on a détruit un nid de frelons, mais leur patron nous échappe encore.

— L'un de ses sbires nous donnera peut-être une piste.

— Ben, déplora le rouquin, ils ne sont plus en état.

À la mine de ses subordonnés, Ched le Sauveur comprit que l'opération, correctement commencée, se terminait en fiasco ; dépité, Némo mastiqua un oignon.

*

Seule une remarquable expérience du vin permettait au Vieux de vider sa troisième jarre de rouge tout en gardant sa tête. Combien de jeunes vacillaient après deux ou trois coupes de bière ? Si la situation empirait, la prochaine génération ne boirait que de l'eau ! Et ce n'était pas avec ça qu'on avait construit des pyramides.

En prévision des mauvais jours, le Vieux avait accumulé une belle réserve de conserves de viandes, de légumes et de fruits macérés dans l'alcool.

Gourmet, l'âne ne boudait pas son plaisir ; sans dédaigner les chardons, il appréciait l'amélioration de l'ordinaire et les longues siestes auprès de son compagnon d'infortune.

— La vigne est le chef-d'œuvre de la nature, alliée au génie de l'homme, déclara le Vieux ; les ceps, on jurerait du bois mort, les crétins les dédaignent. Et tu vois ce qu'ils nous procurent : la liqueur d'immortalité, l'héritage d'Osiris ! Méfie-toi des malfaisants qui ne boivent pas de vin. Ils ont le cœur sec, la pensée stérile et répandent le malheur.

Les pattes repliées, la tête à l'ombre, Vent du Nord n'émit pas d'objection.

— Toi et moi, on avait besoin de repos ; ici, on prend du bon temps, mais ça ne durera pas. On n'est pas du genre à oublier la petite Sékhet, hein ?

L'oreille gauche de l'âne se leva.

— Je m'en doutais ; avec toi, on ne gidouille pas. Sur le fond, je suis d'accord ; hélas ! notre puissance d'intervention me paraît plutôt réduite, face à Kékou et ses nervis. Tu nous vois, tous les deux, leur transpercer la couenne ? Bon, on ne va pas se bercer d'illusions. On réfléchit à la stratégie et on discute.

Le Vieux examina sa vigne. En parcourant les sillons tracés entre les rangées de ceps, il songeait au scribe Setna et à la tombe maudite ; celle-là, elle aurait dû disparaître sous terre ! Quand le jeune homme reviendrait de Pi-Ramsès, il tenterait certainement d'y pénétrer, et cette brève période de calme se terminerait. Quelles nouvelles calamités provoquerait cette folie ? Mais inutile de raisonner ce fonceur.

À son âge, le Vieux avait encore une bonne vue ; il ne manqua pas de repérer un curieux, perché au sommet d'un monticule, à l'ouest de la ville. Se sentant observé, il déguerpit.

— Pas fameux, pas fameux du tout...

Le Vieux retourna à sa cave.

Debout, Vent du Nord regardait au loin.

— Un émissaire de Kékou ?

L'oreille droite de l'âne se leva.

— Le temps est venu de plier bagage.

Le Vieux s'accorda une dernière rasade, ferma soigneusement les deux portes et dissimula sa clé.

— Je me demande si je reverrai mon petit domaine...

Avec ce qui nous attend, c'est pas gagné. Et puis il reste un problème : savoir où on va.

L'oreille gauche de Vent du Nord se leva.

— Ah toi, tu sais !

Le Vieux équipa son compagnon de sacoches remplies des précieux papyrus et de provisions.

Et l'âne, d'un pas tranquille, prit la direction de Memphis.

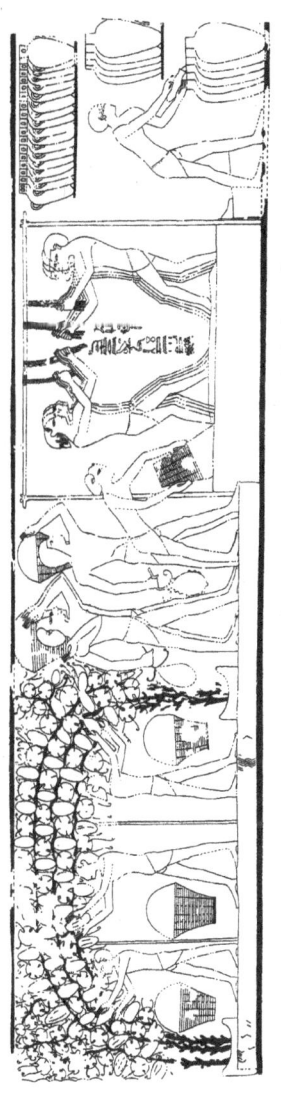

De la cueillette du raisin à la mise en jarre, en passant par le foulage des grappes, se déroulent les étapes de la production du vin, très prisé des anciens Égyptiens. (Tombe de Rekhmiré.)

— 12 —

Désemparée, Sékhet s'était cachée dans une ferme abandonnée, redoutant à tout instant de voir surgir des policiers à la solde de son père ou, pis encore, des exécuteurs. Grâce à la vigilance de Geb, elle s'accordait de brèves périodes de sommeil ; ils buvaient l'eau du fleuve et se nourrissaient de roseaux sucrés. Cette situation ne pouvait durer.

Malgré les recommandations du Vieux, Sékhet décida de se rendre à l'unique endroit où elle trouverait un refuge sûr : le temple de la déesse-Lionne. Il faudrait traverser une partie de la ville, au risque d'être repérée et interceptée, mais il n'existait pas d'autre issue.

La jeune femme et son chien quittèrent leur abri à la nuit tombée, et Geb emprunta les chemins les moins fréquentés. Il déclencha les aboiements de quelques molosses, uniquement préoccupés du passage de leurs congénères ; un agriculteur salua la paysanne, une bande d'adolescents en maraude lui lança des œillades.

À l'orée des faubourgs, l'aventure devenait plus risquée ; les patrouilles de police n'étaient pas rares et interpellaient volontiers les individus suspects. Sékhet fit confiance à son chien qui, au prix de méandres, d'arrêts fréquents et de déplacements rapides, réussit à les éviter.

Discutant sur le pas de leur porte, des maîtresses de maison observèrent d'un œil suspicieux cette fille de la campagne. Que fricotait-elle, à cette heure-là, loin de sa ferme ? Sans doute une employée étrangère, aux mœurs légères. Heureusement, la police ne tarderait pas à l'arrêter et à la ramener chez son patron.

En apercevant le temple, Sékhet fut prise d'un fol espoir, vite tempéré par l'inquiétude ; des gardes en interdisaient l'accès, et sa pauvre vêture ne plaidait pas en sa faveur. Si elle donnait son nom, qui la croirait ? Et son père serait averti !

Geb et Sékhet traversèrent l'esplanade, longèrent le mur nord et se présentèrent à une petite porte.

Assoupi, son gardien fut brusquement réveillé. Une paysanne et un chien ! Il n'était pas habitué à de tels solliciteurs.

— Passe ton chemin, petite, et retiens ton fauve ! S'il m'agresse, je lui brise les os.

— J'ai un message urgent pour la Supérieure.

Le garde ricana.

— La Supérieure... Tu ne la connais même pas !

— Elle est âgée, plutôt grande, alerte, déchiffre les pensées et ne supporte pas l'incompétence. Je lui apporte ce coffret d'herbes médicinales qu'elle attend avec impatience.

Le bonhomme fut troublé ; cette paysanne-là n'était pas ordinaire ! Si elle disait vrai, il risquait des ennuis. Pourquoi ne l'avait-on pas prévenu ?

— Ne bouge pas.

D'interminables minutes s'écoulèrent, une patrouille pouvait surgir.

Enfin, la petite porte s'ouvrit !

Apparut la ritualiste préposée aux parfums, une spécialiste revêche que Sékhet connaissait bien. Elle dévisagea l'intruse, prête à l'éconduire, et ne cacha pas sa surprise.

— Sékhet, c'est toi... C'est vraiment toi ?

La jeune femme hocha la tête.

— Je dois voir la Supérieure.

— Maintenant ?

— Tout de suite.

— Pas dans cet état-là ! Ce sarrau, ces sandales misérables... Que t'est-il arrivé ?

— J'ai recherché des simples très rares et je vais les remettre à la Supérieure.

— Il faut d'abord te laver, te parfumer, et t'habiller !

— Si nous entrions ?

Les deux femmes franchirent le seuil, sous le regard ébahi du garde qui referma l'accès et reprit sa faction. Les coutumes de ces prêtresses lui échappaient.

*

En dépit de l'opposition de la parfumeuse, Sékhet avait emporté la décision : son chien ne la quitterait pas, et personne n'entendrait sa voix.

La douche, le savon, les cheveux propres, de délicieuses senteurs, une simple robe blanche de ritualiste... Que de bonheurs ! La fatigue s'effaçait, la disciple de Sekhmet se sentait revivre.

— Notre Supérieure t'attend, annonça l'une de ses collègues.

La septuagénaire n'avait jamais l'air commode ; cette fois, elle semblait irritée.

— Tu ne ressembles décidément pas aux autres

ritualistes, déplora-t-elle ; pourquoi es-tu arrivée ici en habit de paysanne et à une heure pareille ?

— Je suis en danger.

— En danger... N'exagères-tu pas, Sékhet ?

— En danger de mort.

Le sérieux de la jeune femme convainquit la Supérieure qu'elle ne plaisantait pas.

— Qui te menace ?

— Des tueurs me pourchassent, mon seul refuge est ce temple.

— Un refuge provisoire... Le personnel temporaire bavardera, et tes ennemis ne tarderont pas à apprendre ta présence. Ni moi ni les permanentes ne serons capables de te protéger.

La Supérieure avait raison, les espoirs de Sékhet s'effondraient.

— Je ne te laisserai pas sans défense, promit la vieille dame ; puisque tu as rencontré la déesse-Lionne, tu bénéficieras d'une protection particulière. Va dormir, j'agirai demain.

*

En sécurité, Sékhet goûtait le silence du temple ; comme elle aurait aimé demeurer en ce lieu, approfondir sa science et servir la déesse ! Mais cette réclusion l'éloignerait de Setna et ne lui garantirait pas sa survie.

Logée avec Geb dans une annexe où résidaient les permanentes, des ritualistes âgées ne souhaitant plus revoir le monde extérieur, la jeune femme reprenait courage et vigueur. Certes, en sortant de ce havre de paix, elle serait de nouveau en péril ; pourtant, elle devait répondre aux questions qui la hantaient et ne pas fuir la réalité. En compagnie de Setna, elle serait assez forte pour affronter l'adversité et reconquérir le bonheur perdu.

Peu après l'aube, deux ritualistes vinrent la chercher.

Sékhet caressa son chien, lui demanda de l'attendre sans crainte, et suivit les deux prêtresses à la salle des purifications.

Imprégnée de l'énergie de la déesse-Lionne, l'eau ritualisée réanimait l'âme et le corps. Vêtue d'une robe de lin, Sékhet fut conduite au cœur du temple couvert, face à la statue de Sekhmet assise.

— Contemple la puissance et imprègne-t'en, ordonna la Supérieure ; aujourd'hui débute ton combat contre le Mal, et tu mets ta vie en jeu. Si tu romps les liens avec la déesse qui connaît la lumière et les ténèbres, tu périras.

Les yeux de la statue flamboyèrent, Sékhet soutint ce regard de l'autre monde, tantôt dévastateur, tantôt guérisseur.

Et la puissance l'habita.

La Supérieure lui présenta une bandelette rouge.

— Voici le tissu de la lionne divine, l'œil véritable. Les sept fées l'ont façonné et le placent au cou de l'initiée. Puisse la lumière maintenir fermement et nouer le nœud de la vision en esprit.

Se plaçant derrière la disciple, la Supérieure orna son cou de la bandelette. Soudain, la pénombre de la chapelle s'estompa, remplacée par une clarté d'une intensité à peine supportable.

Et la statue sourit.

La Supérieure ôta le tissu et le remit à Sékhet.

— Préserve-le et ne l'utilise qu'à bon escient. Pendant le reste de cette journée, tu célèbreras le rituel à mes côtés ; demain, au petit matin, tu partiras et tu suivras les directives de ton cœur.

Décidée à vivre des heures exaltantes, Sékhet repoussa les doutes et les angoisses.

La bandelette rouge de la déesse-Lionne n'était offerte qu'à des prédestinées, capables de développer une vision nouvelle en perçant les murailles de l'apparence. Depuis longtemps, la Supérieure avait pressenti les dons exceptionnels de la jeune thérapeute ; suffiraient-ils à surmonter les épreuves terrifiantes que le destin lui réservait ?

Couronnée d'un soleil entouré d'un serpent, Sekhmet la Terrifiante à tête de lionne peut répandre mort, malheur et maladie, mais également la puissance vitale permettant de surmonter ces épreuves. (D'après Champollion.)

— 13 —

Ched le Sauveur fit irruption dans les locaux du cadastre.

— Service du roi. Je veux voir le nouveau directeur.

Le fonctionnaire de garde aurait dû émettre une protestation administrative, mais le regard de son interlocuteur, ajouté à la présence de ses trois acolytes au faciès hostile, l'en dissuada.

— Le nouveau titulaire du poste vient d'arriver... Il range son bureau.

Ched força la porte.

L'heureux élu était un quadragénaire épanoui.

— À qui ai-je l'honneur ?

Le Sauveur montra le sceau royal.

— Ah... Puis-je vous être utile ?

— Donne-moi un morceau de papyrus et un calame.

L'épanoui estima qu'il valait mieux obéir.

Ched traça un plan permettant de préciser l'emplacement de la demeure où s'était réfugié Kalash.

— Le nom du propriétaire ?

— Je vais effectuer des recherches, je...

— Je suis pressé. Très pressé.

— Explorer les archives prendra du temps !

Tout en mastiquant un oignon, Némo s'approcha du responsable.

— Très pressé, c'est très pressé ; on se comprend ?

— Oui, oui...

L'épanoui courut à la salle des archives.

Un quart d'heure plus tard, il réapparut, décomposé.

— Désolé, je ne suis pas en mesure de vous renseigner.

Némo avala le reste de son oignon.

— Là, bonhomme, tu pousses un peu... Côté mensonge, t'es pas un chef. Qu'est-ce qui coince ?

— Je ne peux pas...

— Tu commences à m'irriter, et j'ai les nerfs fragiles. Une seule façon de me calmer : taper sur les sales tronches.

Le nouveau directeur du cadastre ne méprisa pas l'avertissement.

— J'ai des impératifs !

— Nous aussi, précisa Ched.

— Le dossier est strictement confidentiel.

— Pas pour nous.

— Je vous assure, je...

— Notre mission est prioritaire.

— Il me faudrait une décharge !

— Le nom du propriétaire, exigea Ched.

L'épanoui avala sa salive et baissa la tête.

— Le maire de Memphis, murmura le fonctionnaire.

*

Vu l'ampleur que risquait de prendre cette affaire, Ched le Sauveur s'empressa d'envoyer un message codé au général Ramésou afin de lui procurer cette dernière information, en lui demandant d'intervenir. Le maire de Memphis était un personnage important, admis à la cour ; à la tête de la capitale économique des Deux Terres, il donnait toute satisfaction au souverain. S'il appartenait au réseau du mage noir, le complot avait des dimensions affolantes !

En attendant l'arrivée du général, Ched et ses compagnons décidèrent de poursuivre leurs investigations sur le port, à la recherche d'indices pouvant leur permettre de retrouver la piste de Kalash.

À la capitainerie, Ched examina les documents concernant les bateaux de commerce qui transportaient des marchandises en provenance de Syrie ; il procéda aux interrogatoires des armateurs. La plupart connaissaient Kalash, mais ne lui apprirent rien d'essentiel. Un commerçant habile, discret, plutôt riche, travaillant de préférence avec des dockers natifs de son pays, et livrant des produits divers aux familles aisées de Memphis.

Ougès, Routy et Némo s'occupèrent des dockers syriens, persuadés qu'un bon nombre étaient complices du fuyard. Milieu fermé, gaillards hostiles et peu bavards, affirmant leur innocence et se tenant les coudes... Kalash ? Un excellent patron, honnête et payant bien. Jamais de conflit avec ses employés, toujours aimable, attentionné et compréhensif. Bref, un saint homme auquel les dieux accordaient forcément leur protection.

Pas de famille, une dévotion au travail, pas le moindre vice.

Routy repéra un jeune Syrien plus nerveux que ses camarades.

— Suis-moi.

Le docker se crispa.

— On va où ?

Ougès et Némo encadrèrent le récalcitrant.

— On fait mouvement, ordonna Némo. Et tu obéis.

Routy pénétra dans un entrepôt, rempli de ballots et de caisses.

— Ici, on sera au calme, et personne n'entendra tes confidences.

— Mes confidences ? Je n'ai rien à vous dire !

— Pas de précipitation, bonhomme, on a tout notre temps ! Commençons par des choses simples : cet entrepôt appartient bien à Kalash ?

Le Syrien approuva d'un hochement de tête.

— Et tu es bien son employé ?

— Exact.

— Voilà un début de coopération, non ?

Ougès et Némo eurent un bon sourire.

— Je savais qu'on se comprendrait, reprit Routy, et j'aimerais te préciser un détail. En temps ordinaire, face à la police, tu as des droits, et la torture est interdite. En raison des circonstances, c'est nous qui avons tous les droits. Si tu nous aides, pas de problème ; en revanche, si tu avais la mauvaise idée de rester muet, mes deux camarades seraient très contrariés. Comme ils ont une dent contre les Syriens, ils pourraient perdre le contrôle de leurs nerfs.

Le docker se colla à une pile de ballots ; Ougès et Némo ne souriaient plus.

— Je sens qu'on continue à se comprendre, avança Routy, rassurant ; oublions la fable du gentil patron et du merveilleux négociant au grand cœur. Kalash est un tordu, voleur et menteur, il exploite des pauvres types qui redoutent les sévices de sa garde rapprochée. C'est à peu près ça ?

— À peu près, marmonna l'interpellé.

— Et toi, tu as appris à te taire.

— Je ne veux pas d'ennuis !

— Les ennuis, tu les as devant toi, mon garçon.

Routy observa un silence pesant.

— Tes petits arrangements, je m'en moque ; ton patron étant mêlé à une affaire criminelle, il est recherché. Alors, j'exige de tout savoir sur son comportement réel.

— Moi, je me contente de faire mon boulot !

— C'est bizarre, objecta Routy, je n'ai pas ce sentiment ; ton œil curieux a certainement découvert l'un des vices de ton ordure de patron.

— Non, non...

— Ça y est, déplora Némo en serrant ses énormes poings, je m'irrite ; il va falloir que je cogne sur quelque chose.

— À ta place, mon garçon, suggéra Routy, je ne jouerais pas les obstinés pour sauver un malfaisant. Nous, on te réduira en bouillie et l'on dénichera un témoin plus compréhensif.

Némo agrippa le Syrien par les chevilles, le renversa et commença à le piétiner.

— Je parle ! hurla-t-il.

Némo cracha un reste d'oignon.

— Enfin une attitude raisonnable ! se réjouit Routy ; surtout, mon gars, sois sincère.

— Je ne sais presque rien...

— Dis toujours.

— Kalash fréquente une maison de bière que tient une Syrienne.

— Une maison clandestine ?

Le docker approuva.

— Son emplacement ?

Le Syrien se lança dans des explications embrouillées, tant ses lèvres tremblaient ; Routy parvint néanmoins à situer l'établissement illicite.

La traque reprenait.

— 14 —

— Es-tu certain de savoir où tu vas ? demanda le Vieux, perplexe.

L'oreille droite de Vent du Nord se leva.

— Alors, continuons...

L'âne se dirigeait vers Memphis, suivant un chemin à la lisière des cultures. Soudain, le Vieux comprit : il rejoignait une dizaine de ses congénères, chargés de sacs de blé ! Parmi eux, une jolie grisonne aux yeux délicats.

— Espèce de coquin ! Tu ne crois pas qu'on a d'autres soucis ?

Tandis que Vent du Nord entamait une conversation avec la belle, le Vieux fut contraint de côtoyer l'ânier, un grand maigre mal rasé.

— Il transporte quoi, ton baudet ?

— Des papyrus.

Le maigre émit un sifflement.

— Ils t'appartiennent ?

— Non, je ne suis qu'un intermédiaire.

— Une bonne commission en vue ?

— Je ne me plains pas.

— Au port, tu trouveras des acheteurs sérieux ;

n'oublie pas de marchander. Moi, j'ai un fixe ; je livre, et je rentre à la ferme. Tu viens d'où ?

— Une villa au nord de la ville.

— Satisfait de ton patron ?

— Je m'adapte.

L'ânier tapa sur l'épaule du Vieux.

— S'adapter, c'est la sagesse ! Moi, c'est pareil. T'aurais pas soif ?

— Ma foi...

L'ânier exhiba une outre contenant de l'alcool de dattes.

— Je te préviens, c'est du brutal.

Le Vieux accepta l'épreuve.

— Tu as raison, c'est une boisson d'hommes.

L'ânier s'offrit une belle goulée.

— En cette période de grosses chaleurs, ça désinfecte.

Fidèle à ses habitudes, Vent du Nord ouvrait la route ; la jolie grisonne se frottait à lui.

Malgré le coup de fouet dû à l'alcool de dattes, le Vieux demeurait lucide : le port n'était-il pas bourré de policiers et d'indicateurs à la solde de Kékou ? C'était vraiment le dernier endroit où se réfugier ! L'âne ne semblait pas s'en soucier, et le Vieux se sentait piégé.

— Une dernière rasade avant les palabres ?

— Ça ne se refuse pas.

Si on lui mettait la main dessus, l'ex-intendant n'était pas près de boire du potable. Autant profiter d'un dernier plaisir ; qui pouvait échapper à son destin ?

*

Le jeune docker syrien avait détalé comme un lièvre, stupéfait d'avoir échappé aux brutes menaçant de l'écharper. En lui ordonnant de tenir sa langue, Routy était certain d'être obéi ; le gamin n'avait aucun intérêt à bavarder.

— On tient une belle piste, estima Ched le Sauveur ; Kalash a peut-être trouvé refuge chez la tenancière de cette maison de bière.

— Excellente occasion de se désaltérer, estima Némo ; cette Syrienne a sûrement beaucoup à nous raconter.

— Prudence, recommanda Routy ; ce Kalash est un véritable serpent ! S'il se cache bien là-bas, il a prévu des sécurités. Au moindre signe de danger, il s'échappera à nouveau. Ne commettons pas d'impair.

— Que proposes-tu ? demanda Ched.

— L'un de nous devra jouer le client, les trois autres se tiendront prêts à intervenir.

— Risqué, jugea Némo ; en cas de pépin, comment préviendra-t-il ?

— On lui laisse le temps nécessaire pour ressortir avec Kalash ; le délai passé, on intervient.

— Tu n'as rien de mieux ? s'inquiéta Ched.

— Entendu, je me sacrifie, décida Routy ; tâchez de vous montrer efficaces.

Les quatre hommes sortirent de l'entrepôt.

Le port grouillait d'activités multiples ; un convoi d'ânes, chargés de sacs de blé, s'approchait du marché aux céréales. Et des marins mettaient en place la passerelle permettant aux passagers de débarquer d'un bateau en provenance de Pi-Ramsès.

Du coin de l'œil, Ched le Sauveur reconnut l'un d'eux.

— Setna !

— On est pressés, rappela Routy.

— J'ai quand même le temps de saluer mon meilleur ami.

Le scribe venait, lui aussi, d'apercevoir Ched.

Ils se donnèrent l'accolade.

— Je sais tout, affirma Setna.

Le Sauveur feignit l'étonnement.

— Pas de comédie inutile, le roi m'a exposé la situation, sans me cacher sa gravité. Es-tu sur la piste du mage qui a dérobé le vase scellé d'Osiris ?

— En effet, admit Ched, tu sais tout ! Serais-tu désormais associé à l'enquête ?

— À une condition : l'approbation du grand sphinx. S'il m'y autorise, je pénétrerai dans la tombe maudite, et j'espère y recueillir de précieux indices.

— Ou y perdre la vie... J'espère que la statue géante t'interdira cette entreprise insensée.

— As-tu progressé, Ched ?

— À présent, suis-je obligé de te répondre ?

— Telle est la volonté du pharaon.

— En ce cas... Oui, mes hommes et moi avons obtenu un renseignement intéressant. Kalash, le marchand lié au mage, aurait choisi comme refuge une maison de bière clandestine. Nous y allons de ce pas, mais ce gaillard-là n'est pas facile à saisir ; un virtuose de l'évasion, à la tête d'un réseau de Syriens qui n'hésitent pas à mourir pour lui !

— Autrement dit, tu cours des risques considérables.

— Nous sommes des soldats, Setna, et toi, un scribe ; ne devrais-tu pas rester à l'écart ?

— Trop tard, Ched.

— Retrouvons-nous à la Maison des armes... Si nous survivons.

Setna regarda s'éloigner Ched et ses trois compagnons. S'ils appréhendaient Kalash, ce dernier les mènerait-il au mage ? À constater la détermination du commando, on pouvait espérer un résultat positif.

Un museau toucha le bras du scribe.

À côté de Vent du Nord, le Vieux.

— Heureux de te revoir, mon garçon ! Il était temps que tu reviennes. Ta fiancée a disparu, j'ignore si elle est en sécurité ; et des tueurs aux ordres de Kékou me pourchassent. Cet âne m'a mené jusqu'à toi, et je ne suis pas mécontent de ne plus être seul. Un peu de tranquillité ne me déplairait pas.

— Malheureusement, je n'en dispose pas ; le roi m'a confié une mission urgente.

— Je le craignais ! Puisqu'on va commettre des folies, offrons-nous un bon repas.

— N'as-tu aucune nouvelle de Sékhet ?

— Avant ma fuite, elle ne m'a pas contacté ; et j'ai moi-même échappé de peu au pire !

— Accuses-tu son père de manière formelle ?

— J'en ai peur.

— Il s'expliquera, je te le promets ! D'abord je dois interroger le grand sphinx.

— Pas avec le ventre creux, j'espère ? Comme Vent du Nord et moi sommes obligés de te procurer notre soutien, on a besoin de reprendre des forces.

Setna dompta son impatience et accepta la requête du Vieux, lequel se régala de filets de perche grillés, de concombres et de pois chiches, tandis que Vent du Nord dégustait une laitue et des pommes. L'estomac noué, Setna se reprochait de négliger Sékhet, au profit de la tâche prioritaire imposée par le roi. Avait-elle trouvé un refuge, était-elle encore vivante ?

— Évite les mauvaises pensées, recommanda le Vieux, elles affaiblissent ; le grand sphinx n'est pas un interlocuteur aimable, il ne te fera pas de cadeau.

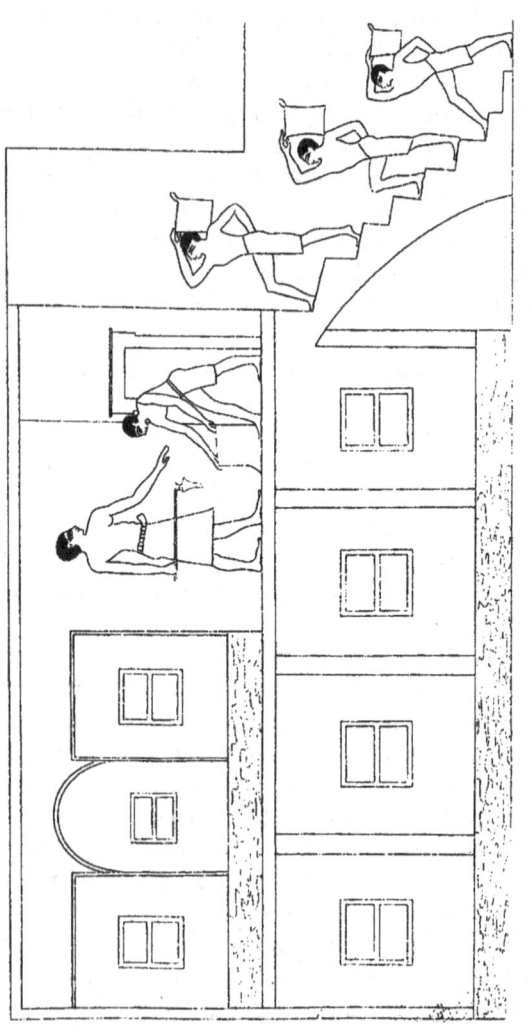

Sous la direction d'un surveillant, des ouvriers agricoles remplissent les greniers, dont certains se trouvaient près d'un port. (D'après Champollion.)

— 15 —

Le site de Gizeh impressionnait le Vieux. Les deux grandes pyramides de Kheops et de Khephren, la troisième, plus petite, de Mykérinos, des rues entières bordées de demeures d'éternité où reposaient les familles et les fidèles de ces trois pharaons de l'âge d'or, les pyramides de reines, et puis le gardien de ce gigantesque ensemble sacré, le sphinx !

« Horus dans l'horizon », il veillait sur les monuments composés de pierres vivantes, éloignait les profanes et, par sa magie, contribuait au lever du soleil. « Berger courageux », il terrassait la sauvagerie et rassemblait les âmes ressuscitées.

Quotidiennement, des serviteurs du *ka*, la puissance immortelle des « justes de voix », assuraient un culte aux pyramides, à l'esprit des rois et à leurs proches.

Des gardes arrêtèrent Setna, le Vieux et Vent du Nord.

— Je suis fils de Ramsès et ritualiste de Ptah, déclara le jeune homme en montrant le sceau que lui avait confié son père ; Pharaon m'a chargé de rendre hommage à l'Horus de la contrée de lumière.

Le passage fut libéré, et le trio put contempler la statue la plus monumentale jamais taillée dans le roc. Vénéré par de nombreux pèlerins, dont certains venaient de fort loin, le géant n'avait qu'un ennemi : le vent de sable. À plusieurs reprises, il avait fallu le dégager de la gangue qui l'étouffait. Une stèle datant du règne de Thoutmosis IV[1] rappelait que le sphinx lui avait promis la double couronne si le prince le libérait du carcan ; ce dernier s'était exécuté, et la statue, représentant un monarque au corps de lion, avait tenu parole.

Au pied du sphinx, un modeste sanctuaire réservé aux ritualistes qui déposaient des offrandes sur un autel et prononçaient des formules de puissance, évoquant l'action salvatrice d'Horus, dieu céleste au regard créateur.

— Nous, dit le Vieux à Vent du Nord, on reste dehors et on attend ; ne t'inquiète pas, j'ai de quoi boire et manger. Le gamin, lui, est en train de commettre je ne sais quelle folie ! À cet âge-là, et amoureux, on n'a pas de tête.

Le Vieux et l'âne s'installèrent à l'ombre ; ils partagèrent une galette et des fruits. Vent du Nord appréciait le pain trempé dans la bière, et ne tarda pas à s'accroupir, les yeux mi-clos.

Minuscule face au colosse, Setna s'agenouilla et tendit les mains, paumes vers le ciel, en signe de vénération.

— Le vase scellé d'Osiris a été dérobé, un mage tente de le transformer en arme mortelle. Auparavant, ce trésor était caché au sein de la tombe maudite. M'autorises-tu à y pénétrer afin d'obtenir des indices qui me permettront de traquer le criminel ?

Soudain, le soleil se voila ; grossissant à vue d'œil,

---

1. 1419-1386 (XVIIIe dynastie).

un nuage prit la forme d'un lion couché et s'immobilisa au-dessus du sphinx. Les activités des desservants de la nécropole s'interrompirent, et chacun contempla l'étrange phénomène. Sans nul doute, la statue géante délivrait un oracle à l'un de ses adorateurs.

L'âne et le Vieux se réveillèrent.

— Je m'en doutais, ça se gâte ! Avec ces statues vivantes, il faut se méfier ; je te parie que le sphinx va l'écraser d'un coup de patte !

L'ex-intendant se trompait, mais l'événement qui se produisit frappa les esprits et serait rapidement relaté au roi.

Le sphinx donna son approbation à Setna en inclinant la tête.

*

Le chef de la police de Memphis, Sobek, était perturbé et mécontent. Perturbé, parce que la disparition de la dame Sékhet était une affaire bien mystérieuse ; mécontent, car ses subordonnés travaillaient en vain et n'avaient obtenu aucun résultat concret. Seconde disparition, celle de l'intendant de Kékou, lui aussi introuvable ! Coupable, complice ou victime ? Impossible de se prononcer et d'établir une théorie solide !

Sobek songeait à réclamer des effectifs supplémentaires, d'autant que le maire, de façon surprenante, ne le couvrait pas de réprimandes en menaçant de le renvoyer. Pourtant, c'était un proche du notable Kékou, lequel ne manquait pas de demander des nouvelles et de se plaindre des lenteurs de l'enquête. La situation du chef de la police ne tarderait pas à devenir intenable.

Sobek voulait comprendre et retrouver cette jeune

femme. On ne tarissait pas d'éloges à son sujet, on ne lui connaissait pas d'ennemis.

L'impasse.

Découragé, Sobek attaqua une pile de documents administratifs à remplir.

L'un de ses hommes entra dans son bureau dont la porte, en ces temps difficiles, demeurait ouverte.

— Chef, du nouveau et du solide !

— Raconte !

— Déposition d'une parfumeuse du temple de la déesse-Lionne Sekhmet. Comme elle a appris que nous enquêtions à propos de la dame Sékhet, elle a jugé nécessaire de témoigner. La disparue a passé la nuit au temple.

— Donc, elle est vivante ! S'y trouve-t-elle toujours ?

— La parfumeuse l'ignore. Elle ajoute que Sékhet a rencontré la Supérieure.

— Mmmm... Une personne pas facile à manier ! Je dois quand même l'interroger.

— Un détail, chef... La parfumeuse ne souhaite pas être citée.

— On s'en arrangera.

Enfin une piste sérieuse ! L'imposant Sobek se leva, décidé à la creuser. En sortant de son bureau, il se heurta à un visiteur inattendu.

— Vous êtes le chef de la police ?

— Désolé, je suis pressé ; un de mes adjoints vous recevra.

— Tu restes ici, tu t'assois et tu fermes ta porte.

Les narines de Sobek se dilatèrent.

— Pardon ?

— Je suis le général Ramésou.

Le fils aîné du roi toisa le policier, interloqué.

— Entendu, général.

Ramésou avait reçu le dernier rapport de Ched le Sauveur, évoquant l'éventuelle complicité du maire de Memphis et sollicitant son intervention. Affaire délicate, en effet ; auparavant, un autre problème à résoudre.

— Que me vaut l'honneur ? demanda Sobek, méfiant.

— La dame Sékhet, fille de Kékou, a disparu ; résultats de ton enquête ?

— Nous progressons.

— À savoir ?

— La dame Sékhet est vivante.

— Excellente nouvelle ! Où se cache-t-elle ?

— Je l'ignore encore.

— Déplorable !

— Mes hommes ne ménagent pas leurs efforts, et...

— Je le répète : déplorable. La police de Memphis est incompétente.

— Général, je ne vous permets pas !

— Moi, je me le permets ; tu es incapable de résoudre cette affaire, et je prends la situation en main.

Sobek se redressa de toute sa taille.

— Je comprends mal.

— C'est pourtant simple : l'armée remplace la police.

— Hors de question !

— Perdrais-tu l'esprit, Sobek ?

— Vous êtes le fils aîné du roi, le général qu'il a placé à la tête de l'ensemble des corps d'armée et l'homme le plus puissant du pays après notre souverain. Je suis conscient de vous devoir le respect, mais j'ai été nommé responsable de ce service et j'entends exercer la plénitude de mes fonctions. L'intervention de militaires serait inopportune et illégale.

— Tu oses te placer en travers de mon chemin ?

— M'incliner serait trahir mon engagement de policier et conduirait à me mépriser moi-même. Alors, démettez-moi ou laissez-moi travailler selon mes méthodes.

Confronté à la colère froide du général, Sobek ne baissa pas les yeux. Sa carrière était terminée.

— J'apprécie les êtres qui ont du caractère, déclara Ramésou, et tu n'en manques pas. Je tiens beaucoup à cette jeune femme et désire la revoir au plus vite. Je t'accorde une dernière chance, Sobek ; tâche de ne pas me décevoir. Demain, tu me fourniras un rapport complet et nous ferons le point.

Le coffret abritant le vase scellé d'Osiris, le trésor des trésors, qui contient le secret de la vie. (D'après Champollion.)

— 16 —

Une coquette demeure à deux étages au cœur d'un quartier aisé et peu passant, une lourde porte en bois.
Routy frappa.
On mit longtemps à lui répondre. La porte s'entrebâilla, laissant apparaître le fort joli minois d'une jeune Syrienne.
— Que désirez-vous ?
— Un ami m'a recommandé votre établissement.
Le minois se fripa.
— Ma patronne va venir.
Nouvelle attente.
Se présenta une solide sexagénaire au regard inquisiteur ; elle dévisagea son visiteur.
— Je ne vous connais pas.
— Je suis armateur, en négoce avec le Liban ; ce soir, j'aimerais me détendre. Un collègue m'a vanté le charme de votre maison.
La maquerelle réfléchit. L'homme était propre, bien habillé et sympathique ; il appartenait à son genre de clientèle.
— Entrez.
Une petite cour intérieure, un palmier, des banquettes.

— Ici, précisa la maquerelle, on paie d'avance. Qu'on boive ou non, c'est deux jarres de bière plus la fille. Une heure, deux heures ou la nuit ?

— Disons... La nuit.

— Donc, tarif maximal, apprécia la patronne de la maison close.

— Cela vous suffira-t-il ?

Routy sortit de la poche de sa tunique un sachet rempli de pierres semi-précieuses. En les palpant, la maquerelle eut de l'écume aux lèvres.

— Je m'en contenterai... Vous voulez choisir ?

— Certainement.

Une dizaine de beautés furent présentées à cet excellent client.

Oubliant ses goûts, Routy rechercha une professionnelle aguerrie, futée et vénale.

— Celle-là, choisit-il en désignant une grande brune un peu molle.

— Miza te donnera totale satisfaction, promit la maquerelle.

La fille prit Routy par la main et le conduisit à une chambre aux murs blancs où flottait l'odeur d'un parfum entêtant.

— Tu as soif ?

— J'ai le gosier sec.

Elle remplit deux coupes d'une bière forte.

— L'endroit est agréable, estima Routy.

Miza lui caressa l'épaule.

— Tu vas te détendre et oublier tous tes soucis...

Routy s'affala sur un amas de coussins colorés.

— J'en ai bien besoin, ma belle ! Tu ne serais pas libanaise ?

— Possible.

— Je m'en doutais ! Les filles de là-bas, ce sont des merveilles.

— Alors, profites-en.

Routy prit un air contrit.

— Je n'ai plus tellement goût à la vie.

— Qu'est-ce qui t'arrive, mon joli ?

— J'ai tout perdu à cause d'un escroc. Il m'a volé mon bateau, ma femme et ma maison. Moi, j'étais aveugle ! Aujourd'hui je n'ai qu'une idée : me venger. Et mon dernier trésor, je le consacre à le retrouver. Regarde ça...

Routy exhiba un petit sac de cuir, délia les cordons et montra le contenu à la douce Miza : des paillettes d'or.

Le regard de la fille se figea.

— Désires-tu devenir riche ? questionna Routy.

— Qu'attends-tu de moi ?

— Je sais que l'escroc, un Syrien nommé Kalash, se cache ici ; donne-moi l'emplacement exact de son repaire, et cette fortune t'appartiendra.

— Pas d'autre obligation ?

— Aucune autre.

— Je dois vérifier, précisa la Libanaise ; ne bouge pas.

Routy lui saisit le bras.

— Surtout, n'aie pas la mauvaise idée de prévenir ta patronne et de me jouer un sale tour ; tu le regretterais.

Miza se dégagea.

— Ton or m'intéresse ; je ne serai pas longue.

La Libanaise ne mentit pas.

Elle ne tarda pas à réapparaître, mais pas seule ; Miza était accompagnée de la maquerelle et de deux costauds armés de gourdins.

Déçu, Routy hocha la tête.

— Je t'avais prévenue, petite ; il ne fallait pas me trahir.

La Libanaise haussa les épaules.

— Tu ne me fais pas peur !

— Tu as tort.

La maquerelle lança un regard incendiaire à son faux client.

— Pourquoi t'intéresses-tu à Kalash ?

— Je l'ai expliqué à cette charmante jeune femme.

— Assez de mensonges ! Dis la vérité, sinon...

— J'aurais préféré éviter l'affrontement ; amène-moi à la cachette de Kalash, et j'oublierai ton existence.

Un rire gras secoua la lourde carcasse de la maquerelle.

— Tu m'amuses, mais je n'ai pas le temps de plaisanter ; qui es-tu et pourquoi recherches-tu Kalash ?

Tête basse, Routy se releva.

— Je te laisse une dernière chance, dit-il calmement ; livre-moi Kalash.

Irritée, la maquerelle recula d'un pas.

— Corrigez-le, ordonna-t-elle aux deux Syriens ; après, il parlera.

Les gourdins se levèrent, s'abattirent avec force et ratèrent leur cible. La réaction de Routy fut si violente et si rapide qu'elle ne permit pas à ses adversaires de réagir ; s'emparant d'un des gourdins, il fracassa le crâne des deux costauds et défonça le sternum de la tenancière.

Plaquée au mur, Miza tremblait de tous ses membres.

— Je t'avais prévenue, rappela Routy.

— Je t'en supplie, ne me tue pas !

— Honnêtement, je n'ai pas envie de me priver, puisque tu ne me sers à rien.

— Si je parle, m'épargneras-tu ?

— Tu ne sais que mentir.
La Libanaise s'agenouilla.
— La vérité en échange de ma vie !
Routy agrippa les cheveux de la prostituée.
— Comment pourrais-je te croire ?
— Je ne veux pas mourir !
— Admettons... Alors ?
— Hier soir, Kalash m'a choisie comme dessert, avant de quitter cet abri.
— Pour une destination inconnue, bien entendu ?
— Bien entendu...
— Tu ne me sers vraiment à rien.
Le regard de Routy affola Miza.
— J'ai entendu son ultime conversation avec ma patronne ! avoua-t-elle. Et je sais... je sais où il se cache !
— Intéressant.
— Tu... Tu me laisseras vivre ?
— Faut voir.
— Donne-moi ta parole !
— Je n'en ai pas.
La Libanaise plaqua les mains sur ses yeux.
— Kalash s'est réfugié chez le maire de Memphis.
Miza n'avait pas d'illusions : ce tueur implacable se débarrasserait d'elle.
Les secondes s'écoulèrent, interminables.
Quand elle rouvrit les yeux, Routy avait disparu.

Une séduisante musicienne.
(D'après Champollion.)

— 17 —

Sobek était mal à l'aise. Le chef de la police de Memphis n'avait pas l'habitude de fréquenter les temples, ces territoires inviolables, et s'interrogeait sur la manière d'aborder ce monde dont il ignorait tout. Incapable de trouver une bonne méthode, il décida de se comporter comme d'ordinaire en abordant le portier principal.

— Police. Je désire voir la Supérieure.

— La Supérieure...

— Urgent et impérieux ; mieux vaut la discrétion, non ?

— Sûrement ! J'alerte un responsable.

Un ritualiste vint chercher Sobek et le conduisit jusqu'à une salle aux murs nus qu'éclairait une fenêtre haute.

Une femme âgée, au visage déterminé, l'attendait.

— Que se passe-t-il ? demanda-t-elle.

— Je recherche une fugitive, expliqua Sobek ; elle se nomme Sékhet et appartient au corps des ritualistes de votre temple. N'y aurait-elle pas séjourné récemment ?

— C'est exact.

— Auriez-vous reçu... ses confidences ?

— Conformément à ses fonctions, indiqua la Supérieure, elle a participé à des rituels.

— Je n'en doute pas, mais ne vous a-t-elle pas parlé de sa situation ?

— Je ne m'occupe pas des affaires du monde extérieur ; mon devoir consiste à satisfaire la déesse Sekhmet.

— La dame Sékhet n'a-t-elle pas évoqué de graves soucis ?

— Elle n'avait qu'une préoccupation : accomplir impeccablement son service.

— J'entends bien, observa Sobek, irrité ; vu les circonstances, il est probable que...

— Mettriez-vous ma parole en doute ?

— Certes non ! Néanmoins...

— Néanmoins ?

L'autorité de la Supérieure privait de moyens le chef de la police, habitué à secouer les suspects. Elle pouvait, cependant, lui procurer une réponse décisive.

— Lorsque Sékhet a quitté le temple, vous a-t-elle dit où elle se rendait ?

— Non.

Les espoirs de Sobek s'effondraient.

— Puis-je... insister ? Le moindre détail me serait utile.

— Désolée, je n'en ai pas à vous offrir.

La Supérieure se retira.

*

Alors que Setna hésitait sur la direction à prendre, soit celle de la tombe maudite, soit celle de la villa de Kékou, le Vieux lui déconseilla fermement l'une et l'autre. Dans le premier cas, il ne sortirait pas vivant de la sépulture ; dans le second, le notable trouverait un moyen de l'éliminer. Mais impossible de dissuader cet obstiné ! S'estimant investi d'une mission, il ne tenait pas compte des risques ; amoureux, il voulait retrouver sa fiancée. Le Vieux avait beau lui parler d'expérience et de modération, aucun écho.

— J'ai tranché, annonça le scribe ; nous commençons par Kékou.

— Nous, nous... C'est vite dit ! Dois-je te rappeler qu'il cherche à m'éliminer ? Vent du Nord et moi, on se tiendra à l'écart.

— Tu as raison, c'est plus prudent.

— Si tu n'es pas ressorti avant le crépuscule, nous viendrons te délivrer.

Setna sourit.

— Ne te jette pas dans la gueule du chacal et contente-toi de prévenir Ched le Sauveur.

— Kékou est un personnage redoutable... L'affronter pourrait te conduire au désastre !

— J'exigerai la vérité.

À bonne distance du domaine dont il avait été l'intendant, le Vieux choisit une petite palmeraie, et s'assit à l'ombre en compagnie de Vent du Nord.

— Que les dieux te protègent, mon garçon.

*

Étant donné la qualité du visiteur, le portier se hâta d'informer le nouvel intendant, un Syrien cassant, détesté de l'ensemble du personnel. Ex-docker, il avait engagé une dizaine de compatriotes pour former un service d'ordre au comportement agressif.

Le Vieux était intransigeant et rigoureux, mais savait entretenir la loi du travail bien fait ; son successeur ne songeait qu'à punir et à rogner les salaires. L'atmosphère du domaine devenait pesante, et beaucoup songeaient à le quitter.

Avec délectation, Kékou relisait le *Livre des voleurs*, à l'origine de sa conquête du pouvoir absolu ; à présent, il connaissait l'emplacement de nombreuses sépultures contenant d'immenses richesses qu'il utiliserait pour payer des cohortes de mercenaires et corrompre des notables, heureux de le servir en trahissant Ramsès.

Quand son nouvel intendant lui annonça la visite du prince Setna, Kékou se sentit prêt à livrer cet inévitable duel.

Il reçut son hôte sous un kiosque aux fines colonnettes en bois, près de la pièce d'eau qu'aimait tant Sékhet ; sur une table basse, des coupes de bière fraîche.

— Ravi de vous revoir, prince Setna ; pardonnez ma tristesse, mais vous comprendrez que la gaieté a disparu de cette demeure. En dépit de ses efforts, Sobek, le chef de la police, ne dispose toujours d'aucune piste sérieuse. Pourquoi ma fille s'est-elle enfuie ? Je ne cesse de me poser cette question sans parvenir à lui donner un début de réponse. En réalité, une certitude prend forme : on l'a enlevée.

Le désarroi de Kékou ne semblait pas feint ; à voir ce père abattu, Setna commençait à se persuader de son innocence.

— Soupçonnez-vous quelqu'un ?

— Je n'ai qu'une certitude : mon ex-intendant, le Vieux, était le complice des kidnappeurs. Il connaissait les lieux, leur a indiqué la manière d'agir et a signé son méfait en disparaissant. Un individu d'une perfidie inégalée, qui avait préparé ce mauvais coup de longue date !

— Pourquoi se serait-il comporté ainsi ?
— Sans doute lui et ses complices réclameront-ils une énorme rançon. Je donnerais ma fortune pour revoir ma fille vivante !

Setna était ébranlé.

— Le Vieux se serait-il montré si rusé ?
— Peut-être a-t-il été manipulé par une clique décidée à m'abattre ; mon éventuelle nomination au ministère a dû mécontenter des courtisans ambitieux. Comment mieux me barrer la route qu'en enlevant ma fille unique ?

Le regard perdu, Kékou observait la surface du bassin que ridait une légère brise.

— Mon frère Ramésou désire épouser Sékhet, rappela Setna, et moi aussi ; le roi a tranché : c'est à elle de décider.
— Est-elle encore vivante ?
— J'en suis persuadé et je la retrouverai ! Sachez que Sa Majesté m'a confié une importante mission qui me conduit à vous poser cette question : connaissez-vous l'existence du *Livre des voleurs* ?

Kékou réfléchit.

— Quel titre étrange ! De quoi s'agit-il ?
— Ignorez-vous l'emplacement d'une tombe maudite recelant un fabuleux trésor ?
— Je n'ai pas entendu parler d'une telle légende ; concernerait-elle la nécropole de Memphis ?
— Sékhet ne l'aurait-elle pas évoquée ?
— Nous n'avions pas de secrets l'un pour l'autre, affirma Kékou ; si elle avait abordé un sujet si étonnant, je m'en souviendrais.

Kékou se leva et contempla les lotus.

— Cette demeure était celle du bonheur. Malgré mon veuvage, nous avions obtenu une sorte d'équilibre, et l'avenir semblait nous sourire. Ma fille était une thérapeute réputée, sa carrière débutait ; moi, j'espérais servir mon pays en accroissant sa prospérité. Et ce malheur, brutal, incompréhensible... Je n'aurai pas la force de le supporter, Setna. Sans Sékhet, à quoi bon lutter ?

La détresse de Kékou émut le jeune homme et balaya ses doutes.

— Rien n'est perdu, affirma Setna ; votre fille est vivante, et je mettrai tout en œuvre pour vous la ramener.

Kékou étreignit le scribe.

— Puissiez-vous être mon futur gendre, prince Setna ; votre mariage sera la plus belle fête jamais célébrée à Memphis.

— 18 —

Dès qu'il aperçut le général Ramésou qui se dirigeait vers la mairie, Némo alerta Ched le Sauveur. Avertis de la présence à Memphis du fils aîné du pharaon, les quatre hommes s'étaient disposés de manière à l'intercepter avant un éventuel contact avec le maître de la grande cité.

Ramésou s'immobilisa.

— Ched... Aurais-tu enfin progressé ?

— En effet, et j'ai besoin de votre intervention.

— Deviendrais-tu flatteur ?

— Nous avons trouvé le repaire du Syrien Kalash ; il devrait nous mener au mage noir.

— Et tu m'attendais pour l'arrêter ?

— Vu la personnalité de celui qui abrite le fuyard, ça me paraît indispensable !

Le visage de Ramésou se durcit ; Ched n'avait pas l'air de plaisanter.

— L'identité du suspect ?

— Le maire de Memphis.

— Tes preuves ?

— Le témoignage d'une prostituée, et je vous garantis qu'il est fiable ! Le maire est peut-être à la tête d'un réseau dont l'étendue est inquiétante.

Ramésou imaginait l'ampleur du scandale. Comment l'éviter, tout en remplissant la mission fixée par le roi ?

— Je vais l'interroger, promit le général.

— Puis-je vous recommander la prudence ? suggéra Ched le Sauveur ; le maire est forcément sous protection, et ses complices ne sont pas des tendres. S'il se sent acculé, la réaction sera brutale.

— Ta proposition ?

— Mes hommes et moi formons votre garde rapprochée ; en cas d'incident, nous assurerons votre sécurité.

— Remarquable dévouement, Ched.

Le Sauveur soutint le regard ironique du général.

— Service oblige.

— Eh bien, allons-y !

D'un pas autoritaire, Ramésou marcha en direction de l'entrée d'un imposant bâtiment administratif à deux étages. Deux vigiles en surveillaient l'accès.

Ils s'interposèrent.

— Votre accréditation ?

— Général Ramésou, fils aîné du roi, et son escorte.

Dépassés, les vigiles s'écartèrent.

Un scribe accourut.

— Le bureau du maire ? demanda Ramésou.

— Désolé, il ne reçoit pas aujourd'hui.

— Moi, il me recevra.

— Je vous assure...

— Conduis-moi.

Le ton du général ne souffrait pas de réplique ; le scribe mena Ramésou à son supérieur hiérarchique.

Ched et ses hommes avaient l'œil partout ; une atmosphère étrange régnait en ces lieux.

Le supérieur se montra catégorique.

— Navré, vous devrez revenir ; le maire a fermé sa porte et refuse de recevoir quiconque.

— Écarte-toi, ordonna Ramésou ; Ougès, ouvre cette porte.

Se contentant d'un bref élan, le colosse n'eut besoin que d'un seul coup d'épaule. La nuque brisée, le maire de Memphis gisait sur le dallage.

*

Troublé, Setna sortit sans encombre du domaine de Kékou et rejoignit le Vieux, endormi à l'ombre d'un palmier. Non loin, Vent du Nord se régalait d'herbe et de chardons.

Le scribe secoua l'ex-intendant.

— Ah... Tu es indemne ! Comment t'en es-tu sorti ?
— Et toi ?

Surpris, le Vieux se redressa.

— Que veux-tu dire ?
— Tu sais où se trouve Sékhet, n'est-ce pas ?
— Tu divagues, mon garçon !
— N'es-tu pas le complice de la bande de malfaiteurs qui l'a enlevée ?

Le Vieux se massa les reins.

— Ça y est, je comprends ! Kékou t'a persuadé qu'il était un agneau innocent et moi, un redoutable pervers, coupable de la disparition de sa fille ! Tu me déçois, Setna, et tu ne me laisses qu'une issue : partir.

Le Vieux appela Vent du Nord, lui caressa l'échine et commença à s'éloigner.

— Reviens, je t'en prie ! clama le scribe.

Constatant que l'ex-intendant pressait le pas, Setna le rejoignit.

— Je me suis mal exprimé, je...
— Tu oses m'accuser, moi, d'avoir nui à Sékhet ! Cette insulte-là est insupportable et impardonnable.

— Je te crois et j'ai confiance en toi ! Dois-je m'agenouiller afin d'implorer ta clémence ?

Vent du Nord s'arrêta, le Vieux l'imita.

— Au lieu de te supprimer, Kékou t'a envoûté ! Ce démon est vraiment redoutable... et toi, bien naïf ! A-t-il joué la comédie du père attristé, s'est-il effondré en pleurnichant près de la pièce d'eau, a-t-il évoqué le bonheur perdu et son amour infini envers sa fille ?

Setna était stupéfait.

— Comment peux-tu savoir ?

— Les ruses de Kékou ne m'abusent plus ; toi, en revanche...

— Imagines-tu la portée de tes accusations ? Un père ne saurait mettre sa fille en péril !

— Tu ne connais pas la nature humaine, mon garçon, et encore moins celle d'un manipulateur qu'animent les forces des ténèbres.

Kékou, le pire des criminels... Setna n'y croyait pas ! Le ressentiment égarait le Vieux.

Vent du Nord changea de chemin.

— Nous y voilà, déplora le Vieux ; il prend la direction de la tombe maudite. Toujours d'attaque, mon prince ?

— J'ai promis à mon père d'explorer ce sépulcre et je tiendrai parole.

Résigné, le Vieux, accompagné de Setna, suivit l'âne.

*

Gardant son sang-froid, le général Ramésou rédigea un communiqué officiel annonçant le décès du maire de Memphis. Une crise cardiaque due au surmenage. Le corps fut confié aux momificateurs, et l'on prépara le caveau devant lequel serait célébré le rituel des funérailles. En présence de la famille éplorée, des officiels vanteraient les vertus du défunt.

Ched le Sauveur et ses trois compagnons avaient procédé à des interrogatoires musclés de toutes les personnes présentes à l'intérieur de la mairie ; et la vérité avait été établie. En parfaite santé, le maire s'entretenait avec un étranger, dont la description variait considérablement selon les témoins. Personne ne connaissait son nom, et le personnage n'appartenait pas au proche entourage du maire.

Ramésou et Ched n'en doutaient pas : il s'agissait de Kalash, tueur froid qui continuait à leur échapper. La piste était la bonne, mais le fil se rompait. Persuadé de la complicité de certains subordonnés du disparu, le Sauveur décida d'approfondir ses investigations ; au moins l'un des coupables finirait par avouer, et l'on reprendrait une piste sérieuse.

Le général se préoccupait d'éteindre l'incendie. Il envoya un messager à Pi-Ramsès afin d'informer son père et de le prier de nommer rapidement un nouveau maire. Un collège de dignitaires assurerait l'intérim.

*

Kalash avait frôlé le pire.

En se réfugiant chez le maire, il espérait obtenir l'appui d'un allié ; hélas ! l'édile, affolé, souhaitait rompre tout contact avec le réseau syrien qu'il regrettait de ne pas avoir combattu.

Perdant pied, le dignitaire devenait dangereux ; aussi Kalash avait-il été contraint de le réduire au silence avant de trouver un nouveau refuge.

— 19 —

Une vingtaine de soldats entouraient la tombe maudite ; à l'approche du trio, ils bandèrent leurs arcs, et Vent du Nord prit soin de s'immobiliser, sans bouger une oreille.

Le commandant du détachement s'approcha, l'épée à la main et le visage hostile.

— Ce secteur est interdit, vous êtes mes prisonniers. La police vous interrogera.

— Je suis le prince Setna, fils de Ramsès le Grand, chargé de mission par mon père.

À la vue du sceau royal, le gradé s'inclina.

— On ne m'a pas prévenu, je ne pouvais pas savoir, je...

— Je ne t'adresse aucun reproche.

— Comment vous être utile ?

— Que tes hommes dégagent l'accès de ce tombeau ; ensuite, vous vous tiendrez à bonne distance. S'il se produit des phénomènes étranges, aplatissez-vous et fermez les yeux.

Inquiets, les soldats s'acquittèrent rapidement de leur tâche.

Les débris de calcaire ôtés, apparut un trou béant donnant sur un autre monde.

— Il est encore temps de renoncer, préconisa le Vieux ; ce sépulcre est toujours rempli de dangers, peut-être mortels.

— Les sages n'ont-ils pas écrit que la demeure de la mort était destinée à la vie ? objecta Setna. « Écoute ceci, disaient-ils : ne pars pas à l'aventure si tu ne t'es pas préoccupé de l'endroit où ton âme reposera en paix. Si tu as trouvé le lieu de l'esprit, va de l'avant ; rends parfaite ta demeure dans l'Occident, qu'elle soit ton œuvre première. Sois fidèle à l'enseignement des grands ancêtres, équipe-toi en vue de l'éternité. La mort mourra, la vie restera prééminente. »

— Voilà bien les scribes, marmonna le Vieux ; de belles sentences, mais il faut que ça suive ! Ne vois-tu pas cette gueule d'enfer, mon garçon ? Elle se moque des sages et t'engloutira tout rôti !

— Il existe certaines précautions, indiqua Setna, imperturbable.

Sur le seuil de la sépulture, le scribe déposa l'amulette en forme de lion offerte par le Chauve. Agenouillé, il prononça les formules de puissance :

— Paroles à dire pour explorer le royaume de dessous terre. Voici la manifestation de l'air lumineux, je maîtrise les quatre vents du ciel ; aussi ne périrai-je pas de la seconde mort, l'anéantissement total de l'être. Mes ennemis ne s'empareront pas de moi, leur mauvaise magie ne m'enchaînera pas[1].

Le jeune homme se releva et remit l'amulette à son cou.

— Tu ne manques pas d'arguments, reconnut le Vieux, impressionné ; mais là-dedans, ça risque de chauffer ! À ta place, j'enverrais des éclaireurs.

---

1. Formules extraites du chapitre 83 du *Livre de sortir au jour*.

— Si je ne ressors pas de cette tombe, qu'elle soit close et ensevelie.

Setna en franchit le seuil, sous l'œil atterré du Vieux.

Peinant à se tenir debout, le scribe aborda un couloir en pente raide ; au loin, une lueur. Il progressa pas à pas, très lentement, au cœur d'un massif de calcaire grossièrement taillé.

La lueur provenait de deux vases rouges, aux formes tourmentées, barrant le passage.

Regardant autour de lui, Setna repéra une pierre brute qu'il ramassa et jeta sur les vases qui éclatèrent en mille morceaux. Des débris monta une fumée asphyxiante que le scribe évita de respirer ; d'un bond, il franchit le rideau opaque et parvint à la jonction d'un second couloir.

Il évita de peu un puits profond, bordé de murs peints en rouge d'où se dégageait une lumière agressive.

Setna découvrit une petite salle, presque carrée ; elle servait d'écrin à plusieurs coffres en bois qu'il ouvrit un à un. Ils contenaient des étoffes, des amulettes, des aliments momifiés, des pagnes, des sandales, bref un équipement funéraire traditionnel destiné au ressuscité voyageant dans l'au-delà.

Poursuivant son exploration, le scribe aperçut les trois chapelles formant le fond de la tombe maudite.

Dévastée, celle de gauche portait des traces d'incendie ; sur le sol, des morceaux d'une statue d'Anubis, décapitée. En détruisant l'effigie du maître de la momification, guide connaissant les beaux chemins de l'autre monde, le mage noir condamnait l'âme à errer au sein d'un labyrinthe sans issue.

La chapelle de droite avait subi un sort identique. Une statue d'Hathor, déesse du ciel et de l'amour créateur, était souillée de sang ; ce sacrilège visait à répandre la haine et à transformer en mouroir ce lieu de renaissance.

À l'évidence, le destructeur avait suivi un plan précis ; non content de briser les défenses de la tombe, il s'était évertué à façonner un milieu hostile, peuplé de forces menaçantes dont Setna ressentait la présence.

N'avait-il pas franchi une frontière interdite ?

Les murs gémirent, une lumière glauque noya les sanctuaires profanés, à l'exception de la chapelle centrale où trônait encore le naos qui avait contenu le vase scellé d'Osiris, le trésor des trésors, aujourd'hui entre les mains d'un être maléfique.

Les portes du naos avaient été fracassées, il était vide.

Setna s'approcha, espérant découvrir un indice ; en examinant l'intérieur du reliquaire, il fut persuadé qu'on l'épiait.

Reculant sans se retourner, il dessina sur le sol un signe hiéroglyphique représentant à la fois une vertèbre et une queue d'aronde, lien indispensable unissant les pierres ; c'était la forme adoptée pour les nœuds magiques, empêchant les énergies négatives de circuler. Pharaon en personne liait fermement la Haute à la Basse-Égypte, et chaque temple se nouait aux puissances divines.

Un hurlement emplit la tombe maudite.

Protégé, Setna reprit son examen. Au fond du reliquaire, une inscription :

Si tu désires lutter contre le Mal, utilise le Livre de Thot *;*

Lui seul contient les formules efficaces.

L'endroit où il se trouve est un grand secret.

Lis ce livre, relis-le, consulte-le, perçois son enseignement, et entreprends le combat suprême.

Soudain, les signes commencèrent à fondre ; l'inscription devint illisible, le naos se désagrégea, le plafond de la tombe maudite se fendilla.

Setna devait regagner au plus vite le monde des vivants.

En se retournant, il vit surgir du sol une ombre noire adoptant une apparence humaine. Occupant l'espace, elle interdisait le passage.

Impossible de décrire son visage, en perpétuelle mutation.

Sa voix, elle, n'avait rien d'humain.

— Je te priverai de l'usage de tes jambes, éructa l'ombre, et je t'empêcherai de sortir au jour. Que se referme à jamais la porte de cette tombe, que ton âme s'endorme et se dissolve !

Setna ne recula pas.

— Tu n'es pas la gardienne des membres d'Osiris, tu ne sais ni ouvrir ni fermer les portes, tes pas sont entravés ! Écarte-toi, libère le chemin pour mon âme et mon cœur, car tu es incapable de me retenir prisonnier. Les ombres des morts ne me causeront aucun mal, tu ne me causeras aucun mal. Toi, reste éloignée du ciel, enfonce-toi dans la terre !

L'ombre maudite vacilla, l'un de ses bras se tendit vers Setna, tentant de l'agripper.

— Enfonce-toi dans la terre !

Des doigts tordus s'emmêlèrent, l'ombre se tassa, forma une boule, creusa le sol de la tombe et disparut, accompagnée d'un grand fracas.

Encombré de gravats, le couloir était obstrué et Setna condamné à périr étouffé.

Le scribe brandit son amulette.

— Voici l'air lumineux, la flamme qui procure les rouleaux de textes dont la brillance chasse les ténèbres. Flamme du lion, prépare la barque ! J'y tiendrai le cordage de proue, elle m'emmènera hors d'ici.

Un nuage de poussière obscurcit le sépulcre.

Setna réitéra sa prière.

*

Le Vieux n'avait pas quitté des yeux l'entrée de la tombe maudite, sans grand espoir de voir ressortir le scribe à la jeunesse inconsciente. Même équipé de formules plus ou moins efficaces, comment vaincrait-il les démons habitant ce lieu infernal ?

Et la tombe explosa.

Un nuage de sable recouvrit le Vieux, Vent du Nord et les soldats, heureux d'avoir survécu ; le sépulcre s'était effondré, le désert finirait de l'engloutir.

L'âne se secoua, le Vieux l'imita.

— Je l'avais prévenu, cet insensé ! Il n'avait aucune chance.

— Tu t'es trompé, le Vieux.

En se retournant, ce dernier découvrit un Setna aux vêtements en lambeaux, mais vivant.

Setna face à l'entrée de la tombe mystérieuse.
(*Livre de sortir au jour*, chapitre 132.)

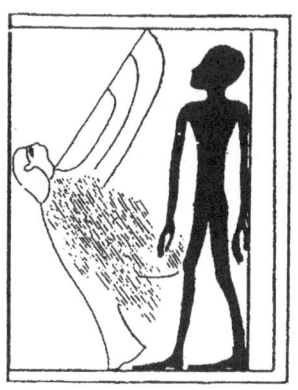

Confrontée à l'ombre noire, l'âme-Oiseau de Setna saura-t-elle conserver sa puissance d'envol vers la lumière ? (*Livre de sortir au jour*, chapitre 89.)

— 20 —

En quittant le temple de la déesse-Lionne, Sékhet avait pris une décision : récupérer ses biens les plus précieux, à savoir un papyrus médical révélé par un rayon de lune et des fioles de remèdes essentiels. Cette démarche impliquait des risques majeurs, puisqu'il fallait retourner à son laboratoire.

Ensuite, elle s'éloignerait de Memphis et s'installerait dans une modeste agglomération où elle vivrait de son art, sous un faux nom, loin de ceux qui la pourchassaient ; resterait à trouver un messager capable d'avertir Setna.

Sitôt informé, il volerait à son secours, et le cauchemar serait terminé.

Sékhet connaissait le rythme de la maisonnée ; au milieu de l'après-midi, chacun vaquait à ses occupations, et les abords de la propriété seraient déserts. C'était le meilleur moment pour se rendre au laboratoire.

À l'approche du domaine, Geb devint nerveux ; la jeune femme évita l'accès principal et se dirigea vers l'endroit où le mur était le moins haut.

— Attends-moi ici, ordonna-t-elle à son chien ; je ne serai pas longue.

Les yeux inquiets, la langue pendante, Geb s'assit sur son derrière.

Agile, Sékhet escalada l'obstacle, se maintint quelques instants à plat ventre en haut de l'enceinte, observa les alentours et sauta dans le jardin.

Comme elle était heureuse de revoir ce petit paradis où elle avait passé son enfance et son adolescence ! Elle aimait chaque arbre, palmier, acacia, perséa, sycomore ou jujubier, le vaste verger donnant pommes, grenades, figues et caroubes, la treille aux lourdes grappes de raisin, le bassin aux lotus. Là, elle s'était unie à Setna pour la première fois.

La luxueuse villa d'une trentaine de pièces trônait au cœur d'un domaine comprenant des ateliers, des cuisines, des silos, une boulangerie, une brasserie et des écuries. Deux cents employés et leurs familles habitaient de petites maisons blanches, dotées d'un confort appréciable. Correctement payés et jouissant de bonnes conditions de travail, ils étaient placés sous la férule du Vieux, un intendant exigeant mais apprécié.

Occupait-il toujours son poste, avait-il été licencié, s'était-il enfui ? Ces interrogations brisèrent le charme des lieux et ramenèrent la jeune femme à la dure réalité. Ce jardin enchanteur n'était plus celui du bonheur, elle devait traverser un territoire hostile sans se faire repérer.

Passant d'un tamaris à un massif de fleurs, Sékhet n'aperçut qu'un jardinier occupé à désherber. À l'ombre d'un vieux sycomore, le laboratoire n'était pas gardé.

Se déplaçant en silence, avec la souplesse d'un félin, elle s'abrita derrière le tronc de l'arbre afin d'observer la porte du local.

En temps ordinaire, deux clés permettaient de l'ouvrir : la sienne et celle du vigile. Voilà longtemps qu'elle avait dissimulé des doubles sous une pierre plate, en bordure d'un parterre d'iris. Même aux temps heureux, la thérapeute se préoccupait de son domaine réservé et se méfiait de l'éventuelle négligence des préposés à sa sécurité.

Prudente, elle patienta un long moment.

Des papillons voletaient, des lézards se pourchassaient, des oiseaux chantaient. Pas d'humain à proximité.

Prompte, elle utilisa les deux clés de bois.

Elles fonctionnèrent à merveille, Sékhet referma la porte et goûta l'atmosphère de cet endroit où elle avait tant travaillé. Il était intact, aucune trace de vandalisme. Rangés sur une étagère, ses papyrus médicaux ; vases, pots, fioles étaient impeccablement alignés.

La jeune femme pleura.

Pourquoi le destin brisait-il son existence ? Elle considérait son père comme un remarquable serviteur de l'État, avait eu la chance d'être initiée aux mystères de la déesse-Lionne et de rencontrer l'amour... Et ces bonheurs s'évanouissaient !

Non, elle ne céderait pas au désespoir et suivrait le plan qu'elle s'était fixé.

Sékhet choisit les produits qui avaient exigé plusieurs mois de préparation et les disposa dans l'un des sacs de cuir qu'elle utilisait quand elle rendait visite à des patients ; elle ajouta le précieux papyrus, dont elle n'avait pas encore assimilé toutes les révélations.

Se livrer à de nouvelles expériences, se consacrer aux malades, fonder une famille, approfondir les mystères de Sekhmet... Cette existence-là, si exaltante, si droite, lui semblait interdite. Pourtant, elle n'y renonçait pas. En implorant l'aide de la déesse, ne trouverait-elle pas les ressources pour vaincre l'adversité ?

Elle n'avait pas envie de quitter le laboratoire, mais

le temps lui était compté ; chargée de son sac à dos, aux solides lanières, Sékhet ouvrit la porte.

Face à elle, l'imposante stature de son père.

Au bord de l'évanouissement, la jeune femme conserva sa dignité.

— J'étais certain que tu reviendrais, déclara Kékou d'une voix grave et douce. Nous nous embrassons ?

— Je... Je ne peux pas.

— Je te comprends, ma fille chérie ; tu as droit à des explications. Un rafraîchissement nous attend, près du bassin aux lotus. Me donneras-tu le bras ?

Dépourvu d'agressivité, le regard tendre, Kékou était l'image du père parfait.

Réprimant ses craintes, Sékhet accepta son invitation.

À l'ombre d'un kiosque, deux sièges munis de coussins et des jus de fruit.

— Ne poses-tu pas ton sac ?

— Je préfère le garder.

— Où étais-tu cachée, Sékhet ?

— Sans importance.

— J'ai alerté la police, ses recherches sont demeurées infructueuses ; j'étais mort d'inquiétude.

— N'as-tu pas mandaté ta propre milice ?

— J'y fus contraint, tant j'étais inquiet.

— N'as-tu pas envoyé des tueurs à mes trousses ?

Kékou parut attristé.

— Comment de telles pensées peuvent-elles te hanter ? Tu es ma fille unique, je t'ai élevée avec amour et je suis fier de tes dons. Je suis convaincu que mon ex-intendant a joué un rôle pernicieux en t'influençant de manière négative.

— Le Vieux... L'as-tu renvoyé ?

— Se sentant coupable, il s'est enfui. J'ai cru qu'il

était à la tête d'une bande de malfaiteurs qui t'avaient enlevée et réclameraient une rançon.

— C'est faux, tu te moques de moi !

— Tu n'imagines pas à quel point je te respecte et je t'admire ; je te le répète, ma fille chérie, j'ai besoin de toi pour accomplir le plus fabuleux des idéaux. Seule une intelligence exceptionnelle comme la tienne est apte à le comprendre.

— Oses-tu encore évoquer le vase scellé d'Osiris ?

Kékou eut un sourire complice.

— Tu l'espérais, n'est-ce pas ?

— Tu me connais mal, père !

— C'est toi qui te connais mal. En étant initiée aux mystères de la déesse-Lionne, tu as acquis une puissance dont tu ne perçois pas la véritable nature. Cette force obscure, terrifiante, sera demain ton arme majeure.

— Jamais !

— Ta pureté m'émeut, Sékhet, et je m'en félicite ; rien de grand ne saurait s'accomplir sans cette qualité. Néanmoins, il convient de la dépasser et d'envisager l'avenir. Toi et moi possédons le trésor des trésors, et devons apprendre à l'utiliser. En conjuguant nos capacités, nous obtiendrons des résultats extraordinaires. Oublions les moments difficiles, et orientons nos pensées vers notre but commun, le pouvoir suprême.

— Ce pouvoir-là ne m'intéresse pas !

— Tu n'en apprécies pas l'ampleur ; accorde pleine confiance à ton père, et permets-lui de te guider. Nos destins sont liés, Sékhet, et nous réussirons ensemble. Le monde ancien se meurt, nous en construirons un autre grâce à la puissance inégalable du vase osirien.

La jeune femme se leva.

— Ne prétendais-tu pas avoir renoncé à cette folie ?

— Folie aux yeux des médiocres ! Ni toi ni moi n'appartenons à cette catégorie.

— Laisse-moi partir.

Le regard de Kékou se détourna.

— C'est impossible, admets-le ; je mettrai le temps nécessaire à te convaincre. Regagne ta chambre et ne tente plus de t'enfuir ; sinon, tu me contraindrais à sévir.

Kékou se leva à son tour, impérieux.

Une masse noire bondit, les crocs de Geb mordirent au sang le mollet du mage qui tomba à terre ; puis le chien emprunta l'allée principale, invitant Sékhet à le suivre.

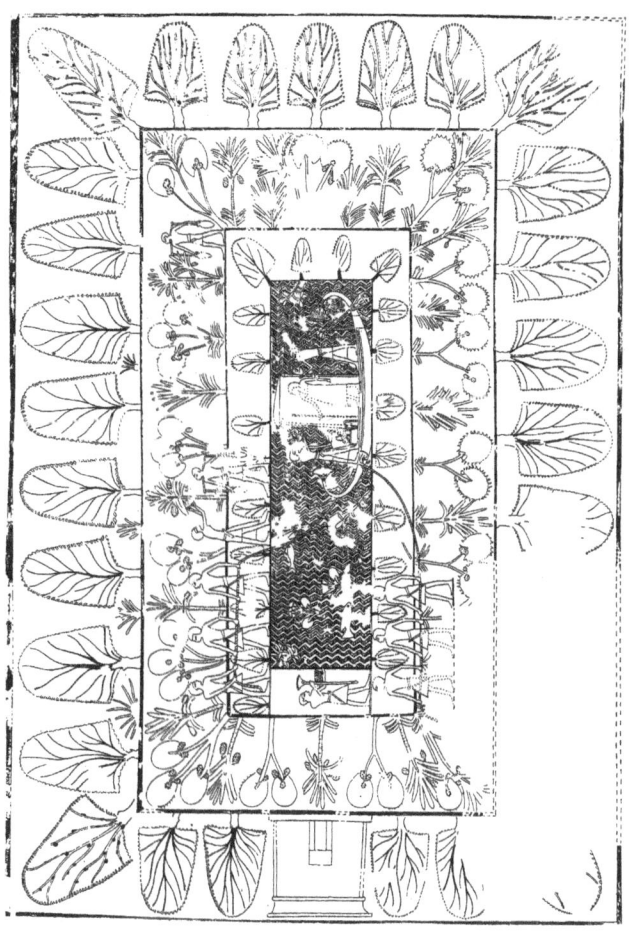

Le vaste domaine arboré d'une riche famille avec, au centre, une pièce d'eau sur laquelle peut naviguer une barque rituelle. (Tombe de Rekhmirê.)

— 21 —

Sobek, chef de la police de Memphis, rangeait son bureau et déposait ses objets personnels dans des paniers. Ce matin, il n'avait ni lu de rapports ni distribué de consignes. Vu son échec, ces tâches-là reviendraient à son successeur. Comme le général Ramésou ne tarderait pas à lui signifier son renvoi, autant prendre les devants.

Sobek éprouvait une profonde amertume ; la police, c'était toute sa vie ! Jusqu'à présent, en dépit de quelques incidents, il avait correctement rempli sa fonction, à la satisfaction générale. Et la disparition de cette jeune femme fortunée, fille d'un notable, ruinait sa carrière !

Une question le déprima davantage : demain, quel métier choisir ? Au fond, il ne savait que maintenir l'ordre et commander une bande de lascars qui avaient tendance à feignasser.

Ce modeste bureau était son monde. Souvent sur le terrain, Sobek reprenait des forces dans son antre ; au terme de journées bien remplies, il y dormait volontiers et ne se plaignait jamais de lassitude.

Le général Ramésou apparut.

— Résultats ?

— Pour ainsi dire rien, admit l'ex-chef de la police. J'ai simplement appris que la dame Sékhet avait effectué un bref séjour au temple de la déesse-Lionne. Elle a de nouveau disparu et n'a pas confié ses intentions à la Supérieure.

— Échec total, Sobek !

— Je le reconnais. Mes bagages sont presque terminés et j'abandonne la place ; bonne chance à mon successeur.

— Cet échec a une explication, avança Ramésou.

Sobek fut intrigué.

— Acceptez-vous de me la donner ?

— Ma propre équipe d'enquêteurs a établi des faits surprenants ; ils concernent tes subordonnés. Voici la liste.

Le général offrit au chef de la police une tablette en bois. Treize noms y étaient inscrits.

— Ce sont mes adjoints, admit Sobek.

— Inexact.

— Je vous assure…

— Les as-tu choisis ?

— Non, le maire me les a imposés.

— Le maire est mort, assassiné par Kalash, un négociant syrien. D'après les aveux d'un proche collaborateur du défunt, ces policiers étaient aux ordres du meurtrier qui les avait achetés. Tes consignes restaient lettre morte.

Consterné, Sobek s'assit lourdement.

— J'attendais un quatorzième nom, révéla le général : le tien. Mais les témoignages concordent, tu es honnête et incorruptible.

— Ajoutez : stupide. Bien que je sois heureux de voir mon honneur préservé, je vous remets ma démission.

— Je la refuse. Tu n'as fait qu'obéir à un supérieur corrompu, et ta droiture te désigne pour réorganiser ce service.

Sobek se releva, très raide.

— Ai-je votre confiance ?

— Tu l'as.

— M'autorisez-vous à choisir moi-même mon équipe, sans nulle contrainte ?

— Ne commets pas d'erreur, Sobek ; cette fois, tu seras l'unique responsable.

— Ma gratitude vous est acquise, et je tâcherai de me montrer à la hauteur de mes fonctions.

Ramésou s'assit.

— La mairie sera épurée, promit-il ; les corrompus seront jugés, le châtiment sévère. Mon père nommera un nouveau responsable à la tête de cette grande cité, ses habitants ne souffriront pas de ce triste épisode. Le mystère de la disparition de Sékhet demeure entier, et j'entends le résoudre au plus vite... à moins qu'un esprit malveillant n'ait imaginé un plan particulièrement habile.

— Songeriez-vous à l'intendant de Kékou ?

— Je soupçonne mon propre frère, le prince Setna, amoureux de ma fiancée. Certains le jugent inoffensif, ils se trompent ; afin d'empêcher mon mariage, n'aurait-il pas organisé un rapt ?

Sobek se sentit mal à l'aise.

— Qu'attendez-vous de moi ?

— Engage des hommes sûrs, mène une enquête approfondie, ne tiens pas compte du rang des suspects.

Sobek approuva d'un signe de tête, conscient d'emprunter un chemin parsemé d'embûches. Ayant échappé au pire, qu'avait-il à redouter ?

Satisfait de ce nouvel allié, Ramésou retourna à la

mairie. Par courrier spécial, le roi avait déjà communiqué le nom du nouveau maître de la ville, un sexagénaire né à Memphis et responsable de l'irrigation. Une fin de carrière remarquable pour un technicien modeste, issu d'une famille de paysans, père de trois enfants et propriétaire d'une maison à deux étages au nord de la cité.

Le général le convoqua et lui annonça la décision du pharaon, qui ne provoqua pas la moindre joie. Rêvant d'une retraite paisible, le nouveau maire, rompu aux difficultés administratives, promit néanmoins de remplir au mieux sa mission.

Satisfait d'avoir abouti, Ramésou se réjouissait d'un bon dîner. Malgré leurs défauts, Ched et son équipe s'étaient bien débrouillés ; étant donné leur manière de conduire un interrogatoire, on ne doutait pas de la sincérité des aveux.

La culpabilité du maire défunt impliquait un vaste complot menaçant la sécurité de l'État, et la disparition de ce pourri n'était qu'une étape ; intercepter Kalash et le faire parler restait une priorité.

À l'entrée du palais de Memphis, Ched le Sauveur.

— Du nouveau ? demanda le général.

— Pas encore ; nous continuons à fouiller. Et votre frère vous attend.

— Setna... Que veut-il ?

— Il est en compagnie du Vieux, l'ex-intendant de Kékou.

— Tu l'as arrêté, j'espère !

— La situation a évolué ; votre frère vous expliquera.

L'appétit coupé, Ramésou hâta le pas jusqu'à la salle d'audience où patientaient Setna et le Vieux.

— Tu m'as amené ce criminel, petit frère ! Félicitations.

— Le Vieux est innocent ; il est à présent mon serviteur.

Le général fronça les sourcils.

— Tu t'égares, Setna ; ce bonhomme est l'organisateur de l'enlèvement de Sékhet !

— Il l'a sauvée en lui permettant de s'enfuir et souhaite la revoir autant que toi et moi. Et Pharaon a rappelé notre loi : une femme choisit librement son mari.

L'attitude et la fermeté du ton surprirent Ramésou. Setna avait changé, beaucoup changé ; il ne redoutait pas l'affrontement et semblait sûr de lui.

— Après avoir consulté le roi, continua le scribe, j'ai recueilli l'approbation du grand sphinx de Gizeh, puis exploré la tombe maudite.

Le général n'en croyait pas ses oreilles.

— Je sais tout de la mission secrète que le pharaon t'a confiée, ainsi qu'à mon ami Ched le Sauveur et à ses trois compagnons.

— Ne t'en mêle pas, Setna ; l'action n'est pas ton fort.

— Serais-tu sourd ? Je suis entré à l'intérieur de la tombe maudite, l'ombre du mage a tenté de me tuer, et j'ai découvert un indice essentiel.

— De quoi s'agit-il ?

— Soyons clairs, mon frère : selon moi, l'armée ne suffira pas à vaincre le mage qui a décidé de nous détruire. Il m'appartient de prendre l'initiative, conformément au désir de Pharaon, et je sollicite ton obéissance.

Ramésou était abasourdi.

— Tu es un scribe, un ritualiste, tu...

— Voici mes décisions : tu maintiendras notre armée en état d'alerte, lourde tâche que tu es seul capable d'assumer ; Ched tentera de retrouver Sékhet et placera son père, Kékou, sous surveillance permanente ; quant à moi, je dois me procurer le *Livre de Thot*, arme indispensable contre notre ennemi, le voleur du vase d'Osiris.

— Tu oublies Kalash, le chef d'un réseau syrien impliqué dans cette affaire !

— Ched et toi vous en chargerez ; ma priorité, c'est de savoir si ce livre existe vraiment. Mon plan te satisfait-il, Ramésou ?

Subjugué, le général n'émit pas d'objection.

— 22 —

Recruter des policiers incorruptibles et efficaces n'était pas facile ; redoutant des erreurs, Sobek soumettait ses éventuelles recrues à de rudes entretiens. De son ancienne équipe, il ne resterait que peu d'éléments ; l'un d'eux lui avait signalé la présence, au palais, du prince Setna, accompagné d'un homme âgé.

Le chef de la police avait exigé un entretien, fermement décidé à obtenir enfin un début de vérité.

Le calme et la sérénité de Setna impressionnèrent Sobek.

— Vous avez un nouveau serviteur et...

— C'est le Vieux, l'ex-intendant de Kékou.

— Cet homme avait disparu et son patron le soupçonne d'avoir joué un rôle dans l'enlèvement de sa fille.

— Kékou se trompe.

— Je désire interroger ce suspect ; vous y opposez-vous, prince Setna ?

— Certes non.

Arraché à la quiétude d'un lit au confort remarquable, le Vieux s'offrit une coupe de blanc sec avant de répondre aux questions du chef de la police de Memphis. Malgré son expérience, Sobek se heurta à forte partie ; le poids des ans ne handicapait pas son interlocuteur, qui ne se laissa pas démonter et, placidement, lui exposa sa version des faits.

Sékhet, avec laquelle le Vieux entretenait des relations de confiance et d'amitié, s'était enfuie pour échapper à des tueurs ; en son absence, l'intendant, usé par son labeur harassant, avait choisi de quitter le domaine de Kékou et de devenir le domestique du prince Setna.

En dépit de son insistance, Sobek n'obtint pas d'autres détails. Mais comment croire à un tel récit ? Le Vieux en savait davantage, Setna le protégeait. Objet de convoitise entre les deux fils de Ramsès, redoutant d'opérer un choix, la jeune Sékhet n'avait-elle pas préféré la fuite ?

Le général Ramésou, le scribe Setna... Un duel à mort les opposait, et Sobek risquait d'être la victime de ce conflit. Doigté et prudence s'imposaient.

Abandonnant le Vieux, le policier annonça à Setna qu'il ne retenait aucune charge contre son serviteur et qu'il continuerait à rechercher activement la dame Sékhet.

*

Ched le Sauveur, à l'issue d'un long examen du domaine de Kékou, conclut à l'inefficacité d'une cohorte de guetteurs qui seraient vite repérés et n'empêcheraient pas les séides du notable d'aller et de venir.

— Que proposes-tu ? demanda Routy.
— Une seule solution : l'un de nous réside à l'intérieur de la propriété et surveille les agissements de

Kékou. Selon Setna, il est forcément mêlé de près ou de loin à toute cette affaire.

— L'heureux élu ne tiendra pas longtemps ! objecta Némo.

— Sauf s'il appartient au personnel de la villa.

— Il faudrait se présenter à l'intendant... Rien ne dit qu'il embauchera le candidat !

— On va s'arranger pour qu'il ne le refuse pas, précisa Ched le Sauveur ; un blanchisseur, c'est indispensable. Et ça tombe malade, non ?

*

Laver le linge sale était un métier pénible, réservé aux hommes ; chaque jour, le blanchisseur préposé à la villa emportait des baluchons à un canal qui lui était attribué et s'occupait des affaires personnelles du maître, attentif à une propreté impeccable. Naguère, il lavait aussi celles de la dame Sékhet, dont la disparition attristait l'ensemble des employés. Quant au nouvel intendant, personne ne l'appréciait.

— En forme, l'ami ?

Surpris, le blanchisseur se retourna et découvrit un colosse rouquin, aux mains larges comme des battoirs.

— Je ne te connais pas, toi.

— Mais si, rappelle-toi : je suis ton cousin de province, blanchisseur de métier. Tu souffres des reins, tu as besoin de repos et tu as fait appel à moi pour un remplacement.

L'employé lâcha ses baluchons.

— C'est insensé !

— Obéis bien gentiment, mon gars, et tu toucheras une belle récompense. Il s'agit d'une mission officielle, tu comprends ? Ne me dénonce pas, sinon mes supérieurs s'en prendraient à toi et à ta famille. Tout ce qu'on te demande, c'est de te reposer et de te taire. Voici un acompte.

Ougès remit au blanchisseur un sachet contenant des perles de cornaline ; cette vision le rassura.

— Joue le jeu, et tu auras le triple.
— Marché conclu ! On y va ?

Face à l'intendant aux yeux de fouine, le blanchisseur titulaire se montra convaincant, et son cousin fut engagé. Le premier soir, le Syrien examina attentivement les pièces de linge lavées par Ougès et n'émit pas de critique.

L'enquêteur était dans la place.

*

— Le *Livre de Thot*... Certes, il existe, reconnut le grand prêtre de Ptah, mais seulement au cœur de la pensée du dieu. Il a créé notre langue sacrée, et ce livre-là reste hors de portée des humains.

— Les Anciens n'auraient-ils pas tenté de le transcrire ? demanda Setna, inquiet.

— Des légendes courent à ce sujet... Si tu désires les connaître, interroge l'archiviste en chef. Je te préviens : il n'est pas commode. C'est lui qui aurait dû remplir ma fonction ; le roi en a décidé autrement, et ce vieux célibataire en a conçu une profonde amertume. Vu la qualité de son travail, je l'ai cependant maintenu à ce poste difficile.

Le scribe se rendit aussitôt à la salle des archives, qu'éclairaient de nombreuses lampes à huile ; munis d'autorisation, des fonctionnaires de l'administration memphite et ses ritualistes affectés aux différents temples de la ville consultaient les précieux documents.

Assis sur une natte, au fond de la longue pièce, un homme âgé au menton pointu vérifiait une liste de papyrus comptables.

— Puis-je vous importuner un instant ?
— Je travaille.
— Je suis Setna, ritualiste de Ptah et...
— Je sais qui vous êtes, le fils cadet du pharaon. Qu'avez-vous à me reprocher ?
— Rien, je vous assure !
— Ça m'étonnerait ! On cherche à m'évincer, n'est-ce pas ?
— J'ai une seule question à vous poser : que savez-vous du *Livre de Thot* ?

L'archiviste regarda son interlocuteur par en dessous.

— J'ai dû mal entendre. Vous vous intéressez au...
— Au *Livre de Thot*.
— Je vous croyais sérieux, mon prince ! Ce n'est qu'une fable destinée aux enfants et aux simples d'esprit.
— Je suis persuadé du contraire ; dites-moi la vérité.
— Pourquoi vous obéirais-je ?
— Que souhaitez-vous en échange ?
— J'ai été victime d'injustices, on m'a humilié, la mort s'approche... Payez-moi une belle sépulture et un sarcophage de première qualité.
— Entendu.
— J'ai la parole du fils de Ramsès ?
— Sur le nom de Pharaon, je m'y engage.

L'archiviste déglutit.

— Il existe un livre de magie que le dieu Thot en

personne écrivit lors de sa venue dans notre monde. Ce texte contient deux formules. La première permet d'enchanter le ciel, la terre, l'au-delà, les montagnes et les eaux, de comprendre le langage des oiseaux et des reptiles, de fraterniser avec les poissons des profondeurs. La seconde, de regarder le soleil en face, de percer les secrets des métamorphoses de la lune, de contempler la communauté des dieux et, au sein de la mort, de reprendre une forme vivante.

Le vieillard baissa la tête.

— Oublions cette légende et laissez-moi en paix.

— Où se trouve le *Livre de Thot* ?

— J'ai tout inventé !

— Vous avez obtenu une promesse formelle ; à présent, parlez.

L'archiviste ne s'attendait pas à tant d'autorité de la part de ce jeune homme.

— Ce livre est caché dans une tombe de la nécropole memphite, murmura-t-il.

— Son emplacement ?

— Je l'ignore.

— Connaissez-vous le nom de son propriétaire ?

Le vieillard hésita.

— Néfer, incarnation de la puissance créatrice du dieu Ptah[1].

— Merci de votre aide ; vous venez de rendre un service majeur à notre pays.

Pressé, Setna quitta la salle où la consultation des documents se poursuivit en silence et ne remarqua pas le rictus de l'archiviste.

Quelle savoureuse revanche !

Lui, méprisé et relégué à un poste subalterne,

---

1. Nefer-ka-Ptah.

envoyait au néant l'un des fils de Ramsès ! Son décès déchirerait l'âme de ce pharaon qu'il maudissait.

Muni de son livre, Thot guide Setna vers la Connaissance.
(*Livre de sortir au jour*, chapitre 146.)

— 23 —

Remâchant sa rage, le général Ramésou avait regagné la capitale afin de s'entretenir avec son père. L'étonnement passé, il ne croyait pas au coup de force de Setna ; son frère s'était vanté en exploitant la situation et serait remis à sa place. Comment un scribe dépourvu d'expérience parviendrait-il à conduire une mission aussi complexe et dangereuse ?

Les rameurs furent contraints de soutenir un rythme élevé, et la distance entre Memphis et Pi-Ramsès fut parcourue en un temps record. L'accostage à peine terminé, le général sauta à terre et se précipita au palais.

Il dut attendre la fin d'une cérémonie au cours de laquelle des ambassadeurs avaient offert des cadeaux au pharaon pour s'attirer ses bonnes grâces ; fervente adepte de la paix, Néfertari favorisait ce genre de démarche. Détestant la violence, la reine engageait de multiples actions diplomatiques, nourrissant l'espoir insensé d'amener les Hittites à déposer définitivement les armes.

Enfin, les ambassadeurs sortirent de la salle d'audience ! Et le général fut invité à dîner en compagnie de son père, pendant que la reine dirigeait un rituel d'initiation aux mystères de la déesse Hathor.

Conformément aux devoirs de sa charge, Ramésou relata en détail les derniers événements. Et la conclusion du monarque le figea de stupeur.

— Les décisions de Setna sont excellentes ; c'est à lui, désormais, qu'il appartient de figurer en première ligne contre l'ennemi. S'il découvre le *Livre de Thot*, nous disposerons d'une arme majeure. Maintiens nos troupes en état d'alerte et tiens-toi à la disposition de ton frère.

*

Grâce à Geb, Sékhet avait échappé à son père et réussi à sortir de la propriété en bousculant un portier assoupi. Courant à perdre haleine et suivant son chien qui empruntait des chemins de traverse, elle avait atteint la rive du Nil et continué sa fuite jusqu'au premier embarcadère.

Un bateau transportant des paysans et des petits commerçants… Sékhet était sauvée ! Au terme de trois jours de navigation, le chien noir manifesta des signes d'impatience, et la jeune femme comprit qu'il fallait regagner la terre.

Un sentier menait à un gros bourg prospère ; bêtes et hommes rentraient des champs, Sékhet se mêla à un groupe de paysannes exposant leurs problèmes familiaux. Les unes après les autres, elles regagnèrent leurs demeures ; de bonnes odeurs émanaient des cuisines en plein air, des enfants jouaient à se poursuivre.

Et Sékhet se retrouva seule au milieu de la rue principale.

Les mains sur les hanches, une vieille femme aux cheveux blancs la dévisageait.

— Qui es-tu et que viens-tu faire ici ?

Collé contre sa maîtresse, Geb restait calme.

— Ou tu réponds, ou tu décampes.

Malgré son caractère menaçant, le regard de l'aïeule ne déplut pas à Sékhet ; et l'attitude conciliante du chien noir l'incita à la franchise.

— Je suis une ritualiste du temple de Sekhmet, à Memphis, et je tente d'échapper à la mort.

— Saurais-tu... soigner ?

— Je possède des produits rares que j'ai fabriqués moi-même et je sais utiliser les plantes médicinales.

— Ici, c'est moi qui soigne. Mais il me manque des remèdes, et j'ai besoin d'une assistante. Toi, la fille de la ville, acceptes-tu de me seconder ?

— J'accepte.

— À quel danger tentes-tu d'échapper ?

— On veut me tuer à cause de ce que je connais.

— Chez moi, tu n'auras rien à craindre.

Sékhet suivit la guérisseuse.

*

Accompagné de Vent du Nord et du Vieux, Setna se dirigea vers le secteur de la nécropole de Memphis où, selon le registre du temple de Ptah, se trouvait la tombe de Néfer désignée par l'archiviste. Un prêtre, chargé de célébrer la mémoire des défunts et de garnir les tables d'offrandes, les conduisit jusqu'à la sépulture.

— Elle est abandonnée depuis longtemps, indiqua le prêtre.

— Pour quelles raisons ?

— La famille de ce Néfer est décédée dans des circonstances mystérieuses, paraît-il, et lui-même aurait été soupçonné d'actes ignobles. C'est pourquoi son nom a été effacé. À votre place, j'éviterais cet endroit ; on ne tardera pas à détruire cette chapelle.

— Excellent conseil, jugea le Vieux.

— Je dois vérifier, décida Setna, au désespoir de son serviteur ; aide-moi à déblayer l'entrée.

À contrecœur, le serviteur s'exécuta.

— Découvrir le *Livre de Thot* est primordial, rappela le scribe.

— Et si c'était un piège ?

— Le vieil archiviste n'a pas menti !

Impatient, Setna franchit le seuil de la tombe.

Étrange endroit, dépourvu d'inscriptions, de peintures et de sculptures. En pente douce, le couloir menait à une chambre funéraire vide : ni sarcophage, ni mobilier ! Restait le puits qui aurait dû être rempli de gravats, protégeant la dépouille du défunt.

Pas le moindre débris de pierre !

Cette tombe n'avait pas été utilisée. Un simulacre, abri idéal du *Livre de Thot* ?

Afin de s'en assurer, une seule solution : descendre au fond du puits. Creusées dans le calcaire, des encoches faciliteraient la progression de Setna.

Lentement, s'assurant de bonnes prises, il atteignit son but.

Au moment où il posait les pieds sur le sol, un bruit sourd. Celui d'une trappe refermant l'orifice.

Une lumière grise baignait le caveau rectangulaire, au plafond bas.

De nouveau, une pièce vide. Personne n'avait été inhumé ici.

Alors, Setna comprit : cette tombe, c'était la sienne.

Les murs ondulèrent, des ombres sans visage en sortirent et environnèrent le condamné. Au centre du mouroir, il distingua une table de jeu pourvue de pions en forme de lions et de chacals.

Choisissant les lions, le scribe s'assit.

Les ombres l'enveloppaient à le frôler, et leur contact provoquait une brûlure.

Une main invisible fit avancer un chacal d'une case ; Setna répliqua. Son adversaire développa une stratégie si efficace qu'une dizaine de coups lui suffirent pour remporter la partie.

Les jambes du perdant s'enfoncèrent, il fut prisonnier jusqu'à la taille.

Les pions se remirent en place d'eux-mêmes. Une brûlure à l'épaule imposa le début d'une deuxième partie.

Cette fois, le scribe se montra moins naïf ; il déjoua plusieurs attaques de l'adversaire invisible, mais sa première faute d'attention se révéla fatale.

La terre aspira Setna jusqu'au cou ; un réflexe lui permit de garder les bras libres. La troisième partie serait la dernière.

Et l'offensive se déclencha, brutale, étouffante ; l'armée des chacals, porteuse de mort, enfonçait les défenses des lions.

Au bord de l'asphyxie, le scribe toucha son amulette, symbole de l'air lumineux ; les ombres s'écartèrent, il vit la table de jeu d'un autre œil. Les cases lui parurent plus distinctes, il discerna une faille au cœur du système de l'ennemi, trop sûr de lui, sacrifia un pion, puis porta un coup inattendu et décisif.

Les chacals se figèrent, tremblèrent et s'effondrèrent. Le sol du caveau se fendilla, Setna parvint à s'extraire de sa gangue, et les ombres disparurent.

La remontée fut longue et pénible ; endolori, le souffle court, le jeune homme était à bout de forces.

Au sortir de la tombe, il poussa un soupir de soulagement.

Le Vieux lui tendit une gourde.

— C'est du bon et ça retape. Dis donc, tu as les mains vides !

— C'était bien un piège.

— Tu devrais m'écouter, mon garçon ; n'épuise pas ton réservoir de chance.

— Une envie furieuse m'anime : revoir mon informateur.

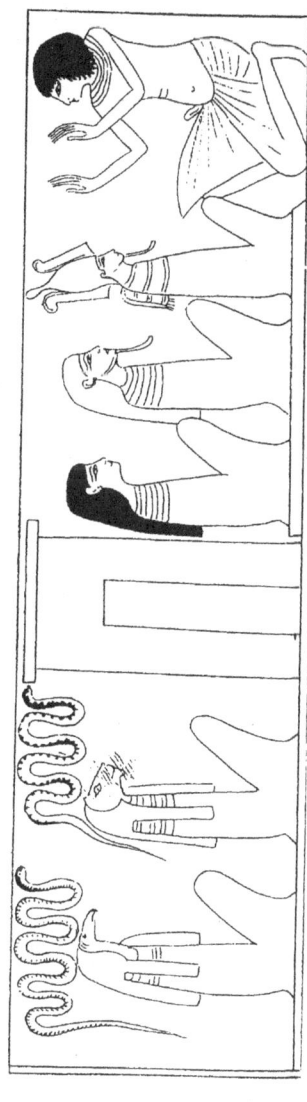

Setna s'agenouille devant Osiris et des génies gardiens, veillant sur la porte de l'invisible ; certains sont surmontés de redoutables serpents qui repoussent quiconque ne possède pas les formules de Connaissance. (*Livre de sortir au jour*, chapitre 181.)

— 24 —

Tôt le matin, Ougès pénétrait dans la villa de Kékou et ramassait le linge sale qu'il emportait au canal ; il le lavait avec énergie, et ce travail pénible ne lui déplaisait pas. Il rapportait à l'intendant des vêtements impeccables, prenait ses repas en compagnie des domestiques chargés du ménage et se satisfaisait d'une chambrette, non loin du bâtiment principal où il avait librement accès.

Parlant peu, Ougès écoutait beaucoup ; le personnel se plaignait du nouvel intendant et du service d'ordre composé d'anciens dockers qui assuraient la sécurité du maître, à la suite de la nuit tragique pendant laquelle sa fille avait disparu.

Ougès découvrit les nombreuses pièces de la vaste villa et, discret, presque invisible, remplissait ses paniers. Il s'aperçut qu'au premier étage une porte demeurait close.

Même l'intendant n'en possédait pas la clé. Que cachait ce domaine réservé de Kékou ?

Lorsqu'il avait croisé le blanchisseur remplaçant, le notable ne s'était pas abaissé à lui parler, se contentant de l'observer ; habitué à livrer de rudes combats, Ougès avait ressenti une puissance d'une rare intensité.

Ce gaillard-là n'était pas une demi-portion, et l'affronter ne serait pas une partie de plaisir.

Une hypothèse vint à l'esprit de l'enquêteur : et si la pièce interdite abritait le vase scellé d'Osiris ? À supposer que Kékou fût le voleur, ne gardait-il pas ce fabuleux trésor à proximité ?

Ougès étudia les horaires des domestiques et des gardes, avec l'espoir de déceler un point faible. Il ne fut pas déçu. Au cœur de la nuit, entre deux rondes, il pourrait forcer la porte du local fermé et, peut-être, y prélever le vase.

Alors qu'il nettoyait une tunique de Kékou, le géant roux entendit la voix de Ched le Sauveur, dissimulé au sein d'un bosquet de tamaris, en bordure du canal.

— Résultats ?

— Ce Kékou ne me semble pas frais. Et sa milice se compose de dockers syriens.

— Des visiteurs insolites ?

— Pas pour le moment.

— As-tu exploré le domaine ?

— J'ai repéré une cachette intéressante.

— Tu ne veux pas dire...

— Sait-on jamais ?

— Sois prudent, Ougès !

— Si on touchait au but ?

— Pas de folie, camarade !

— Ne t'inquiète pas, je prépare mon coup.

*

La nuit paraissait propice. Le personnel de la villa dormait, des gardes syriens surveillaient la villa. Rentré de Memphis à la nuit tombée, Kékou s'était contenté d'un dîner frugal avant de regagner ses appartements.

Ougès quitta sa chambrette et se glissa le long du mur nord de la villa afin d'atteindre une entrée de service. Au moment de forcer la porte, des bruits de pas l'alertèrent.

À plat ventre, Ougès vit deux Syriens, serrant de près un homme de grande taille au menton orné d'une barbiche, l'introduire dans la demeure.

Intrigué, le rouquin emprunta le même chemin et se dissimula à côté du salon d'accueil où furent allumées des lampes à huile ; l'un des gardes monta à l'étage. Quelques minutes plus tard, Kékou descendit l'escalier et accueillit son étrange visiteur.

En tendant l'oreille, Ougès entendit leur entretien.

— Kalash ! Je t'avais interdit de venir chez moi !

— Désolé, Kékou, je n'avais pas le choix ; les tueurs de Ramsès me poursuivent. Et ce ne sont pas des amateurs ! J'ai réussi à leur échapper, mais la nasse se refermait. Vu les services que je vous rends, vous devez me protéger. Je dispose d'une information capitale concernant votre fille.

— J'ai horreur des vantards, déclara la voix grave de Kékou.

— Ce n'est pas mon genre, affirma Kalash ; mon réseau ne vous est-il pas indispensable ?

— Tu évoquais ma fille...

— Je sais où elle se cache. En échange de l'information, vous assurez ma protection.

— Tu resteras ici deux jours, sans sortir de mes appartements ; puis des hommes sûrs te conduiront à l'une de mes propriétés du nord. Tu y résideras le temps nécessaire.

— Ça me convient.

— Ma fille ?

— Elle a trouvé refuge au hameau des Gazelles, au sud de Memphis.

*

Le haut fonctionnaire salua le vieil archiviste et sortit de la salle où il avait consulté des documents techniques ; il était le dernier lecteur, et le maître des lieux éteignit une à une les lampes à huile, en songeant à la mort atroce du fils de Ramsès.

L'archiviste jeta un œil aux étagères et inspecta le moindre recoin avec sa minutie habituelle, redoutant de découvrir un papyrus égaré. Rassuré, il quitta son domaine, étroitement surveillé par deux vigiles. Il attendait la nouvelle du décès de Setna pour s'offrir un festin et savourer sa vengeance.

— La déception sera à la mesure de ton mensonge, déclara une voix que reconnut le vieillard.

— Non, impossible...

— Pourquoi m'as-tu livré à des ombres mortelles ? demanda Setna.

Le menton tremblant, l'archiviste osa toucher le bras du jeune homme.

— Tu es... vivant ?

— J'ai gagné une partie que j'aurais dû perdre.

— Vivant...

— Réponds à ma question, exigea le scribe.

— Tu ne pouvais pas ressortir de cette tombe ! Quel génie t'habite et te protège ?

Le menton tremblait davantage.

— Réponds !

La fermeté du scribe brisa la résistance du vieillard ; il s'assit au pied du mur de la salle des archives. Ses jambes ne le portaient plus.

— Je méritais la fonction de grand prêtre de Ptah, le roi m'a humilié en me confinant à ce poste ! Et toi, tu es son fils... Si tu avais péri dans cette tombe, j'aurais été vengé !

— Explication insuffisante, jugea Setna ; qui t'a manipulé ?

— Personne, c'était mon idée !

— Cesse de mentir.

— Un Syrien opposé à la tyrannie de Ramsès m'a contacté pour m'aider à me venger. Il m'a parlé de toi et m'a dicté une stratégie, si tu faisais appel à mes services. Je devais t'envoyer à une tombe désaffectée, envoûtée par un magicien noir, et tu n'aurais aucune chance d'en réchapper.

— Le nom de ce Syrien ?

— Kalash.

— Qu'as-tu reçu en échange de tes services ?

— Te voir disparaître et condamner ton père au désespoir me suffisait amplement !

La tête tombant sur sa poitrine, l'archiviste sanglotait.

— Tu ne m'as pas tout dit, insista Setna.

— Je ne sais rien d'autre.

— Où se trouve réellement le *Livre de Thot* ?

— Oublie cette fable !

— Tu me dois cette vérité.

Un rictus déforma la bouche de l'archiviste, soudain revigoré.

— Jamais tu ne le posséderas ! Le *Livre de Thot* est au milieu du fleuve, à Coptos, dans un coffret de fer. Le coffret de fer contient un coffret de cuivre, le coffret de cuivre un coffret en bois de genévrier, le coffret en bois de genévrier un coffret d'ivoire et d'ébène, le coffret d'ivoire et d'ébène un coffret d'argent, le coffret d'argent un coffret d'or. Et c'est celui-ci qui abrite *réellement* le *Livre de Thot*, inaccessible aux humains, même aux magiciens ! Des serpents et des scorpions montent une garde permanente. Es-tu satisfait, prince Setna ? Cette vérité est inutile. Le malheur se répandra à travers le pays et le peuple se révoltera contre Ramsès !

— Tu répondras de tes actes devant un tribunal, annonça le scribe ; en attendant, tu es en état d'arrestation.

— Le malheur, personne ne l'arrêtera !

— 25 —

— C'est un nouveau piège, estima le Vieux ; Coptos, la cité des caravanes... Ce brigand d'archiviste raconte n'importe quoi !
— Cette fois, je suis certain qu'il a dit la vérité.
— Seule la haine l'anime, il t'envoie au massacre.
— Nous partons aujourd'hui pour Coptos.
— Réfléchis un peu, mon garçon ! Ce *Livre de Thot* n'existe pas.
— La description de l'archiviste m'a convaincu.

L'arrivée de Ched le Sauveur interrompit la dispute.

— D'excellentes nouvelles ! annonça-t-il. Ougès s'est introduit chez Kékou comme blanchisseur, et les résultats outrepassent mes espérances. D'abord, le notable vient d'accueillir Kalash, son complice ; ensuite, Ougès croit connaître l'emplacement du vase scellé, mais ce n'est qu'une hypothèse ; enfin, une certitude : l'endroit où s'est réfugiée Sékhet. Son père y envoie des membres de sa milice ; il aura une belle surprise, car Némo et moi le précéderons !
— Sékhet...
— Je te la ramènerai vivante et en parfaite santé, sois tranquille ! À condition de ne pas perdre un instant. Routy, lui, récupérera Ougès et le vase d'Osiris.

— Ça me semble trop beau, estima le Vieux.

— Notre dispositif de surveillance a fonctionné, objecta Ched ; à présent, agissons !

— Je me rends à Coptos afin d'en rapporter le *Livre de Thot*, révéla Setna ; il nous permettra de terrasser le mage et de rétablir l'harmonie.

— À la gloire de Ramsès ! s'exclama Ched avant de donner l'accolade à son ami.

Consterné, le Vieux s'offrit une rasade de rouge fruité, long en bouche ; ces jeunes gens avaient complètement perdu la tête.

*

Heureuse concession de Setna à la sécurité : un bateau militaire avec une dizaine d'archers à son bord, dont la présence rassurait le Vieux. Installé sur une natte et devant une belle quantité d'herbes variées, Vent du Nord effectuerait un voyage agréable. Le séjour à Coptos serait de courte durée ; Setna constaterait que ce forban d'archiviste lui avait menti, regagnerait Memphis et y rejoindrait sa fiancée, placée sous la protection de Ched le Sauveur. Puis il conviendrait de régler le cas de Kékou et de son complice Kalash.

Le bateau levait l'ancre.

L'un des vigiles, chargé de garder la salle des archives, accourait.

— Prince Setna, un drame affreux ! L'archiviste a été égorgé !

Le vent gonflait la voile, le navire s'écartait rapidement du quai.

— Du travail pour le chef de la police, marmonna le Vieux ; décidément, ce réseau syrien est sans pitié.

*

Le hameau des Gazelles se composait d'une vingtaine de petites maisons blanches, bâties sur une levée de terre, à l'abri des inondations. À proximité, des champs d'orge, d'épeautre et de luzerne, un verger, des potagers et une vigne.

En ce début d'après-midi, marqué par une forte chaleur, les paysans s'accordaient une sieste à l'ombre des palmes, et les bêtes les imitaient. La ruelle principale était déserte.

— Sékhet est retenue à l'intérieur d'une de ces bâtisses, estima Némo ; comment découvrir la bonne ?

— Sa présence ici n'est pas passée inaperçue, avança Ched le Sauveur ; on capture un villageois et on lui extirpe le renseignement.

Les deux hommes sortirent d'un massif de roseaux d'où ils avaient longuement observé les environs. Ils progressèrent vite et en silence, comme s'ils attaquaient une position ennemie.

Assise devant la porte de sa maison, une femme aux longs cheveux noirs recousait un pagne.

Lui plaquant la main sur la bouche, Némo l'empêcha de crier et la tira en arrière. Ched s'assura que personne n'avait observé la scène, et le trio pénétra dans la modeste demeure.

Une pièce au plafond bas et au sol de terre battue. Des nattes, un coffre de rangement.

— Écoute-moi bien, recommanda Némo ; tu as forcément vu une très belle jeune femme que des étrangers retiennent prisonnière et qu'ils ont enfermée dans l'une des maisons de ton village. Désigne-la-nous, et tu survivras ; si tu refuses, je te tords le cou. Et surtout, pas un cri.

Épouvantée, la paysanne peinait à reprendre son souffle.

— Oui, oui, je l'ai vue !

— Calme-toi, conseilla Ched ; où est-elle ?

— La dernière maison, à la sortie du village, en direction du grenier !

— Combien de gardiens ?

— Quatre, dont un villageois ; on a tous reçu une récompense. Il faut comprendre... On n'est pas riches.

Némo déchira le pagne en lanières et s'en servit pour ligoter et bâillonner la paysanne.

Pas de temps à perdre avant que les habitants du hameau des Gazelles ne reviennent des champs.

— On étudie ou on fonce ? demanda Némo.

— On fonce, décida Ched, conscient des risques.

L'effet de surprise ne serait-il pas décisif ?

La ruelle principale était toujours déserte. Les deux hommes s'élancèrent et, en un instant, atteignirent la prison de Sékhet. Ensemble, ils défoncèrent la porte de bois et foncèrent au sol afin d'éviter la réaction des preneurs d'otages.

Aussitôt relevés, ils étaient prêts à combattre.

Mais la pièce était vide.

Némo grimpa à l'étage, Ched descendit à la cave.

Personne.

De la terrasse, les deux compagnons observèrent les alentours.

— On est piégés, constata Némo, en voyant une jolie quantité de Syriens jaillir de leurs tanières et boucler le hameau ; la femme n'était qu'un appât !

— Ougès a été enfumé, déplora Ched.

— Comment sortir de cette nasse ?

— Les terrasses ; elles ne sont pas éloignées les unes des autres.

Alors que les assaillants se précipitaient vers la maison,

Ched et Némo bondirent de toit en toit et, de la dernière terrasse, sautèrent en direction du fleuve.

Surpris, les poursuivants mirent du temps à s'organiser ; quand ils atteignirent la rive, la barque des rameurs chevronnés était déjà loin.

*

La villa était endormie.

Ougès se faufila jusqu'à la porte de service qu'il ouvrit en utilisant un ciseau de menuisier.

Aux aguets, il s'immobilisa. Un silence rassurant.

À l'intérieur de la maison, pas de gardes. Ougès grimpa lentement l'escalier qui menait au premier étage. Là dormaient Kékou et son hôte, le Syrien Kalash. Le rouquin patienta, guettant le moindre bruit.

Tranquillisé, il rampa afin d'atteindre son but : la mystérieuse porte éternellement fermée.

L'ayant examinée à plusieurs reprises, il ne tâtonna pas. Le ciseau s'attaqua aux points faibles et déchira le bois en trois endroits. Malgré sa précision, Ougès ne put empêcher des crissements et redouta de réveiller les dormeurs.

Le calme perdura.

Et la porte s'entrouvrit.

Tendu, il s'habitua à l'obscurité. Passant à travers une lucarne, un rayon de lune éclairait un réduit n'abritant qu'un seul objet, un reliquaire en bois doré haut d'une coudée.

Ougès ne s'était pas trompé : le vase sacré d'Osiris était à sa portée ! En le rapportant à Ramsès, il anéantirait les projets du mage.

Le plus difficile consistait à garder son sang-froid et à ne pas précipiter sa fuite, au risque d'alerter les gardes.

Ougès s'obligea à se déplacer lentement et à traverser la nuit en direction du mur nord.

À tout instant, il s'attendait à être interpellé. Se battre ne l'effrayait pas, mais réussirait-il à préserver le reliquaire ? Le trajet parut interminable, Ougès ne trébucha pas.

Au sommet du mur, Routy.

Le rouquin lui transmit le trésor, escalada l'obstacle, et les deux compagnons s'éloignèrent du domaine de Kékou. Ils marchèrent longtemps avant de reprendre leur souffle, à l'orée d'une palmeraie.

— Pas croyable, constata Routy, tu l'as trouvé !

— J'en étais sûr : le voleur le gardait auprès de lui.

Les deux compagnons contemplaient le reliquaire, posé au pied d'un palmier.

— Pas croyable, répéta Routy ; les gardes n'ont pas tenté de t'intercepter ?

— Je me suis déplacé à la manière d'un chat.

— Je ne mets pas en cause tes compétences... Pourtant, ça m'épate ! Un tel trésor aurait dû être mieux gardé. Le vase scellé d'Osiris... tu imagines ?

— Tu veux dire quoi ?

— Et si ce reliquaire était un piège ?

Le rouquin fut troublé.

— Il existe un moyen de le savoir : on l'ouvre.

Ougès se releva.

— Attends ! exigea Routy.

Ce dernier ramassa des fibres de palmier et les noua pour fabriquer une sorte de ficelle qu'il passa dans la serrure du reliquaire.

— On recule.

La ficelle se tendit, la serrure se brisa et le reliquaire explosa, libérant une flamme qui embrasa la palmeraie.

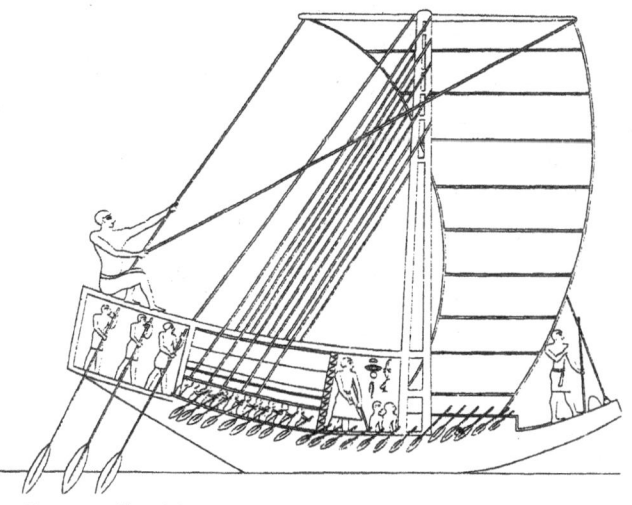

Toutes voiles dehors, pourvu d'un équipage expérimenté, un bateau emmena Setna vers Coptos. (D'après Champollion.)

— 26 —

Située au nord de Thèbes, la très ancienne cité de Coptos était dédiée au dieu Min, incarnation d'Osiris ressuscité, protecteur des caravanes, des mineurs et des explorateurs du désert. Une intense activité commerciale y régnait, et le marché des pierres précieuses et des minerais voyait se dérouler des transactions animées.

Transportant boissons, nourritures et papyrus, Vent du Nord fut le premier à descendre la passerelle, suivi de Setna et du Vieux qui avait dormi tout au long du voyage. L'âne se dirigea vers le temple de la ville, aux rues animées.

Dès qu'il fut informé de la qualité de son visiteur, le grand prêtre s'empressa de l'accueillir ; jouxtant le temple, sa confortable résidence occupait le centre d'un jardin peuplé de sycomores, de jujubiers et de grenadiers.

Le dignitaire était vigoureux et direct.

— Prince Setna, quel honneur ! Auriez-vous besoin de mes services ?

— Juste une question : détenez-vous le *Livre de Thot* ?

— Seul le dieu le possède !

— La légende n'affirme-t-elle pas qu'il est caché à Coptos ?

— Au milieu du fleuve, en effet, mais à jamais inaccessible !

— J'aimerais passer la nuit en méditation dans le sanctuaire et, demain, disposer d'un bateau et d'un équipage aguerri.

— Songeriez-vous à... rechercher le livre ?

— Telle est ma mission.

— Une légende, prince Setna, une simple légende !

— Je souhaite vérifier des précisions que j'ai obtenues.

— À votre guise... Vos désirs seront exaucés.

Correctement logés et nourris, le Vieux et Vent du Nord apprécièrent une dernière nuit tranquille. L'avenir s'annonçait si incertain qu'il fallait profiter de chaque instant.

*

Un superbe bateau à double voile, vingt marins, une vaste cabine... Le grand prêtre ne s'était pas moqué de son hôte.

— Destination ? demanda le capitaine, un barbu bourru.

— Le milieu du fleuve.

— Ce n'est pas une destination !

— Un endroit dangereux que tu connais forcément.

Le capitaine se gratta la barbe.

— On ne s'y aventure pas.

— J'ai prévu le nécessaire.

Le Vieux, lui, prévoyait le pire.

À l'annonce de sa prime, et vu le statut de son

passager, le capitaine se sentit obligé de le conduire à son but.

L'atmosphère devint pesante, les marins cessèrent de bavarder.

— On approche, il faut ralentir. Regardez, là-bas !

Au milieu du fleuve, un tourbillon.

— Jamais il ne se calme, déplora le capitaine ; cette abomination a déjà englouti des bateaux entiers. Puisque vous l'avez aperçu, on devrait retourner à Coptos.

— Allez au plus près, et jetez l'ancre.

Délicate, la manœuvre fut accomplie au mieux.

Campé sur ses quatre pattes, Vent du Nord observait le tourbillon d'un œil aussi inquiet que celui du Vieux.

— Tu ne vas pas t'engouffrer là-dedans, mon garçon ?

Setna s'empara d'un couffin rempli d'une terre provenant du jardin sacré du dieu Min où poussaient des laitues contenant une énergie remarquable. En la lui offrant, le grand prêtre n'avait pas omis de communiquer des formules magiques qu'utilisaient les prospecteurs contre les reptiles.

Le scribe jeta une poignée de terre au cœur de l'eau bouillonnante ; peu à peu, le cercle se rétrécit et l'agitation se calma.

La deuxième poignée fit disparaître le tourbillon et la troisième engendra un puits carré aux murs lisses. Au fond, un grouillement de serpents et de scorpions.

Debout à la proue, Setna éleva vers le soleil une fiole de parfum.

— Puissent tes rayons animer ce liquide purificateur, qu'il écarte les gardiens maléfiques et libère mon chemin.

Goutte à goutte, le parfum épais toucha les redoutables créatures dont la carapace et la peau se mirent à fumer.

Quand le brouillard se dissipa, il ne subsistait qu'un énorme serpent, enroulé autour d'un coffre de fer.

L'âne poussa trois braiments d'une formidable intensité ; armé d'un poignard, Setna se jeta dans le puits. Consterné, le Vieux ferma les yeux, attendant le hurlement de douleur de l'insensé.

Lorsqu'il les rouvrit, il assista à un spectacle effarant : le scribe venait de trancher la tête du reptile ! Cette apparente victoire fut de courte durée, car la tête se recolla au corps, et les mâchoires du monstre s'écartèrent, découvrant deux énormes crochets. À nouveau, le couteau s'abattit, coupant le serpent en deux ; à nouveau, les morceaux se rassemblèrent.

Ne cédant pas au découragement, Setna réitéra son exploit et, cette fois, répandit du sable entre les parties du corps, incapable de se reconstituer.

Sidérés, les marins vivaient un rêve éveillé.

Setna ouvrit le coffret de fer ; à l'intérieur, un coffret de cuivre contenant un coffret en bois de genévrier, lequel servait d'écrin à un coffret d'ivoire et d'ébène.

Les murs du puits commencèrent à onduler, l'eau s'agita, le tourbillon menaçait de se reformer.

— Remonte ! cria le Vieux ; sinon, tu périras noyé !

Gardant son calme, Setna éprouva des difficultés à briser le fermoir du coffret d'ivoire et d'ébène ; apparut un coffret d'argent.

Les ondulations s'accentuèrent, le fleuve s'irritait.

— Remonte !

Le coffret d'argent résistait, le scribe persévéra. Le puits se refermait, Setna serait bientôt englouti.

Le coffret d'argent contenait un coffret d'or.

L'explorateur touchait au but ; en soulevant le couvercle, il découvrit le *Livre de Thot*. Trop tard pour échapper à la vague qui se formait en surface et s'abattrait sur le fils de Ramsès.

Setna lut la première formule.

Ainsi enchanta-t-il le ciel, la terre, le royaume souterrain, les montagnes et les eaux ; les poissons du Nil l'entourèrent, les oiseaux le saluèrent. La vague se disloqua, Setna remonta à la surface et regagna le bateau.

Vent du Nord s'était accroupi, le Vieux et l'équipage regardèrent le rescapé comme s'il surgissait de l'au-delà.

Setna, lui, s'empressa de réciter la seconde formule du *Livre de Thot* qui lui permit de regarder le soleil en face, entouré de divinités formant sa couronne de lumière ; en plein jour, le scribe distingua la lune opérant ses métamorphoses et des millions d'étoiles.

— Tu as réussi, constata le Vieux, estomaqué.

— Pas encore ; donne-moi de la bière et de l'eau.

La bière, le Vieux comprenait ; mais l'eau... Le jeune homme n'était-il pas saturé ?

Utilisant l'un des papyrus neufs qu'avait transportés Vent du Nord, Setna se hâta de recopier les deux formules en prenant soin de ne pas commettre d'erreur. Le texte achevé, il l'imbiba de bière et procéda à sa dissolution dans l'eau ; à l'étonnement du Vieux, il absorba l'étrange potion.

— Je devais boire le livre afin d'en percevoir la portée, révéla le scribe ; ainsi, je n'oublierai pas son message.

Setna roula le papyrus extrait du coffret en or, espérant que le *Livre de Thot* l'aiderait à lutter efficacement contre le mage qui s'était emparé du vase scellé d'Osiris.

Le Vieux ne se sentait pas rassuré ; posséder un tel document n'attirerait-il pas de graves ennuis ?

Quant au capitaine et à son équipage, ils osaient à peine regarder le fils du pharaon ; conscients du rôle majeur des magiciens, ils n'en avaient pas côtoyé un de si près et assistaient pour la première fois à un pareil miracle. En supprimant le tourbillon meurtrier, Setna rendait un fier service aux navigateurs !

— Retourne-t-on à Coptos ? demanda le capitaine, prêt à satisfaire son passager.

Le scribe donna son accord.

Une bourrasque secoua le bateau, les mâts grincèrent ; les marins se précipitèrent à la manœuvre, et le Vieux craignit d'avoir raison.

En maniant des couteaux, celui qui combat pour la lumière affronte une horde de serpents, vecteurs d'un feu destructeur. (*Livre de sortir au jour*, chapitre 33.)

— 27 —

Après avoir examiné le cadavre de l'archiviste égorgé, Sobek délivra l'autorisation de l'inhumer et rédigea un long rapport à l'intention du nouveau maire de Memphis. Pas de témoins, pas de suspect évident, une enquête difficile, probablement un crime de rôdeur, voire un vol qui avait mal tourné, étant donné le caractère irascible de la victime. Proposition concrète : intensifier les rondes de police afin de maintenir le haut niveau de sécurité qu'appréciaient tant les Memphites.

Prudent, Sobek se gardait de formuler les questions sérieuses : de quel clan avait été victime l'archiviste, s'était-il montré trop bavard, avait-il cessé d'être utile à son patron ? Ce dernier était-il Ramésou, Setna ou un tueur de l'ombre ?

La disparition d'une fille de notable, l'assassinat d'un spécialiste de haut rang, un conflit ouvert entre les deux fils de Ramsès... La tempête enflait, et Sobek n'avait pas envie d'être emporté comme un fétu de paille !

Ayant sauvé son poste, il pouvait se débarrasser des brebis galeuses et recruter des hommes sûrs qui formeraient une équipe cohérente. Surtout, ne pas choisir un camp au détriment de l'autre ! Le général Ramésou paraissait plus redoutable que Setna, mais la personnalité du jeune scribe l'impressionnait. Et l'enjeu du combat opposant les deux frères dépassait le chef de la police de Memphis dont la meilleure stratégie consisterait à ne pas sortir de son rôle.

Compter les coups : tel était l'idéal immédiat de Sobek.

*

La guérisseuse n'avait pas ménagé Sékhet, contraignant la jeune femme à prouver ses talents : une embolie pulmonaire, une fracture de la cheville, un malaise cardiaque, des maladies de peau, un bébé en péril... Lors de chaque intervention, la disciple de la déesse-Lionne s'était révélée efficace, prononçant la formule rituelle : « Une maladie que je connais et que je peux combattre. »

Grâce aux remèdes patiemment élaborés, Sékhet guérissait ses patients ou améliorait leur état, sous le regard attentif de l'aïeule aux cheveux blancs, véritable maîtresse du village à laquelle le maire obéissait au doigt et à l'œil.

Sékhet bénéficiait de deux petites pièces, une chambre et un local de rangement transformé en laboratoire. Les paysannes lui apportaient des plantes médicinales qu'elle faisait macérer dans divers alcools ; elle obtenait des potions et fabriquait des pilules.

— Tu me sembles compétente, estima l'aïeule, et j'accepte de te protéger. Qui cherche à te tuer ?
— Sans doute, mon propre père.
— Aurait-il perdu la raison ?

— Il poursuit un but que je désapprouve. Comme je connais la vérité, il doit m'éliminer.

— En a-t-il les moyens ?

— Mon père, Kékou, est riche et puissant.

— Te voici donc en fuite et recherchée...

— Je suis fiancée, avoua Sékhet, je veux retrouver l'homme que j'aime et qui m'aime. Peut-être me croit-il morte.

Assises au bord du fleuve, les deux femmes contemplaient un coucher de soleil d'une splendeur particulière ; l'or du ciel et l'argenté du Nil s'unissaient pour apaiser les âmes et nourrir le vieux soleil, à l'orée des ténèbres.

— Es-tu sûre de ce fiancé ?

— Nous nous aimons !

— Tu es jeune, Sékhet, et tu te berces d'illusions. As-tu douté de ton père, avant de t'enfuir ? Et si ce fiancé était son allié ?

— Impossible !

— Au Mal, rien d'impossible. Toi, la ritualiste de la déesse-Lionne, extirpe la naïveté ! Faire confiance à autrui est stupide, et l'on paie très cher cet aveuglement.

La brutalité de l'avertissement troubla Sékhet, mais n'ébranla pas sa conviction.

— Il te reste beaucoup à découvrir, jeune fille, et je te conseille la patience afin d'éviter des erreurs irréparables.

— L'amour se situe au-delà de la confiance !

— Notre journée de travail n'est pas terminée ; je vais t'apprendre à soulager la douleur en imposant les mains.

— En serai-je capable ?

— Si tel n'était pas le cas, je ne t'aurais pas accueillie chez moi.

La guérisseuse aida Sékhet à développer son propre magnétisme, tout en lui transmettant une partie de son pouvoir.

Cet enseignement complétait à merveille celui reçu au temple, et la jeune femme sentit ses perceptions se décupler ; elle ne tarda pas à combattre la souffrance en diffusant une chaleur bénéfique dans le corps des patients. Eux-mêmes magnétisés, les remèdes acquéraient davantage d'efficacité.

— Comment as-tu constaté ce don ? demanda Sékhet à l'aïeule.

— En écoutant les paroles de la lionne.

— Tu veux dire...

— Je suis, moi aussi, la disciple de Sekhmet que je n'ai pas rencontrée à Memphis, mais au cœur du désert. Le choix était simple : ou me laisser dévorer, ou la soumettre. La volonté de survivre a éveillé une force inconnue, du feu a jailli de mes mains, la lionne m'a léché les pieds. J'ai vécu plusieurs années avec elle et son clan avant de regagner le monde des humains et de m'installer ici, car une exigence dictait ma conduite : transmettre ma puissance à une thérapeute capable d'en supporter l'ampleur. Rien n'est dû au hasard, Sékhet, et ton chien Geb t'a amenée jusqu'à moi.

*

Geb appréciait sa nouvelle existence, rythmée par des nuits paisibles, de bons repas, des promenades le long du fleuve et des visites aux malades. L'aïeule et lui s'entendaient au mieux, et le chien noir ne signalait aucune menace.

Alors qu'il goûtait une douce brise du nord, Geb fut brusquement tiré de sa torpeur ; les oreilles dressées, il alerta sa maîtresse.

— Que se passe-t-il ?

Nerveux, le chien entraîna Sékhet auprès de la guérisseuse.

— Du danger, estima-t-elle, mais loin de notre village... Désires-tu l'affronter ?

— Geb m'y invite.

— Contemple la flamme de la lampe illuminant l'autel des ancêtres. Quand un paysage la remplacera, ferme les yeux et abandonne-toi à la vision qui t'envahira. Si tu éprouves de la terreur, rouvre-les.

L'aïeule posa les mains sur la nuque de la jeune femme. L'esprit de Sékhet se mêla à la flamme aux volutes de plus en plus amples ; au sein de l'une d'elles, une rive plantée de roseaux.

Sékhet ferma les yeux.

Elle aperçut le fleuve, ses remous, ressentit l'intensité du courant. À la fois fascinée et inquiète, la jeune femme distingua un bateau de belle taille, à double voile. Les marins effectuaient des manœuvres délicates ; sous l'assaut d'un vent violent, ils peinaient à maintenir le bâtiment à flot.

Et Sékhet vit Setna.

À la poupe, il serrait un papyrus contre sa poitrine et tenait difficilement debout. La tempête se déchaîna, d'énormes vagues agressèrent le bateau, les voiles se déchirèrent.

Setna vacilla.

Affolée, le cœur serré, Sékhet ouvrit les yeux ; la flamme l'éblouit.

— Je dois t'aider, murmura-t-elle, tu survivras !

La tête lui tourna, l'aïeule l'empêcha de tomber.

— J'ai peur, avoua-t-elle ; comment le secourir ?
— Par ta magie, tu peux modifier le cours du destin.
— Je ne sais que soigner !
— Tu as été initiée aux premiers mystères de Sekhmet, son regard t'a illuminée, tu as vu sa statue ; à présent, il te faut rencontrer la lionne du désert. Alors, tu sauras si tu es utile à l'homme que tu aimes.

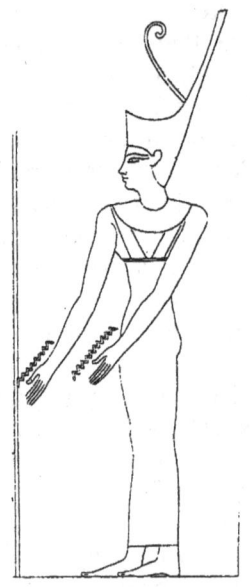

Émanant des mains d'une déesse, le magnétisme écarte la souffrance et donne de l'énergie. (D'après Champollion.)

— 28 —

— Bien joué ! dit Kalash à son patron, le notable Kékou ; je lève ma coupe à votre santé ! Votre plan a fonctionné de manière admirable, et nos adversaires ont mordu à l'hameçon. En les amenant ici, étape après étape, vous les avez conduits à leur perte.

Contemplant son jardin luxuriant, Kékou n'était pas mécontent de sa stratégie.

Dès l'arrivée du blanchisseur remplaçant, il s'était méfié ; tôt ou tard, Ched le Sauveur tenterait d'introduire un espion afin d'observer les agissements du suspect et de ses complices, et de trouver la cachette du vase scellé d'Osiris.

Quelle magnifique occasion de jouer une série de coups gagnants ! L'arrivée de Kalash en catastrophe et son entretien avec Kékou étaient des trompe-l'œil soigneusement préparés ; l'espion avait cru bénéficier de renseignements confidentiels, notamment sur la résidence de Sékhet. Il pensait aussi avoir découvert la pièce où était abrité le trésor des trésors.

Manipulé à la perfection, le colosse rouquin avait favorisé la nouvelle victoire de Kékou.

À cette heure, que restait-il du commando de Ched le Sauveur ? Une partie était tombée dans le traquenard du hameau des Gazelles, l'autre avait été détruite en ouvrant le faux reliquaire.

— Ramsès ne restera pas inactif, prophétisa le Syrien ; tirant les leçons de ce désastre, il attaquera en force.

— Probable, admit Kékou.

— Si Ched le Sauveur a eu le temps de transmettre un rapport, vous serez en première ligne !

— C'était inévitable, concéda Kékou.

— Affronter le pharaon… N'êtes-vous pas effrayé ?

— Je ne mésestime pas l'adversaire, mais je dispose d'une arme terrifiante. Et Ramsès en connaît la portée.

— Alors, il donnera l'ordre de vous tuer !

— Il a déjà trop tardé, ironisa Kékou.

— Vous ne semblez même pas inquiet !

— Le roi espère encore retrouver intacte l'arme que je possède ; chaque jour qui passe en augmente la puissance, destinée à se retourner contre lui. Il souhaite me faire parler et tient donc à me garder en vie, puisque je suis le seul à connaître l'emplacement de cet inestimable trésor.

Kalash était fasciné par ce dignitaire à l'impressionnante stature, promis à de hautes fonctions, et résolu à combattre Ramsès !

— Je suis syrien et je hais l'Égypte qui humilie mon peuple. Mais vous… Pourquoi désirez-vous détruire le roi ?

— Parce qu'il incarne sur terre la loi de Maât, la vérité, la justice et la rectitude, au détriment de la seule force qui doit dominer notre monde : le Mal. Il est à l'origine de toute vie, détient la puissance absolue et dévoile le chemin du pouvoir. Héritier d'une longue tradition s'acharnant à repousser le Mal, le pharaon n'en perçoit pas la beauté. Moi, j'ai cette chance.

— Pensez-vous vraiment terrasser Ramsès ?
Kékou eut un sourire apitoyé.

— Le roi se sait en péril, cette guerre sera longue et rude. Ton aide m'est précieuse, Kalash ; au fond de toi, tu pressens notre triomphe, quels que soient les sacrifices à consentir.

Avec un tel chef, comment douter d'une issue favorable ?

— La prochaine étape ?

— Recruter davantage d'adhérents à notre cause et renforcer notre réseau. Peu à peu, nous gangrénerons les services de l'État, à l'insu de l'autorité centrale.

— Cette arme extraordinaire...

— Tiens-t'en à ta mission, mon ami ; je me charge du reste.

Cette remontrance vexa Kalash. Se débarrasser de Kékou ? Impossible. Seul, le Syrien serait vaincu. Le régime pharaonique anéanti, il ne laisserait pas un Égyptien, fût-ce Kékou, gouverner le pays.

— Un excellent dîner nous attend, annonça le notable ; ensuite, tu quitteras ce domaine et tu rejoindras tes troupes. S'assurer le contrôle du port de Memphis sera ta priorité.

— J'y parviendrai ; bientôt, la quasi-totalité des dockers sera à notre solde, et nous disposerons de plusieurs entrepôts. Quantité de commerçants et d'artisans travaillent déjà pour nous, et leur nombre ne cessera d'augmenter. Qu'avons-nous à redouter du nouveau maire de Memphis ?

— Tu as su te débarrasser du précédent qui menaçait de nous trahir, apprécia Kékou ; son successeur est un brave homme, sérieux et honnête. Il se contentera de bien gérer la ville et ne s'apercevra de rien.

— Et Sobek, le chef de la police... Ne faudrait-il pas l'acheter au plus vite ?

— Surtout pas ! Il est à la fois honnête et prudent. Tenter de le corrompre serait un faux pas et ne nous procurerait aucun avantage ; Sobek saura se tenir à l'écart, sans prendre parti, et ne songera qu'à préserver son poste en assurant la sécurité des Memphites. Le moment venu, il nous obéira.

— Et la menace hittite ? s'inquiéta Kalash ; certains redoutent une tentative d'invasion.

— Faisons confiance à Ramsès et à la Grande Épouse royale, préconisa Kékou ; à la suite de la bataille de Kadesh, le roi n'a pas baissé la garde et considère les Hittites comme un danger majeur. Quant à Néfertari, elle déploie une intense activité diplomatique et ne désespère pas d'obtenir une paix durable, le grand projet du règne. Magnifique paravent, mon ami ! Tandis que le couple royal se préoccupe des Hittites, nous progressons dans l'ombre.

— Cette ombre, vous allez en sortir !

— Ne t'en soucie pas, et goûte les merveilles de mon cuisinier.

*

Sur la terrasse de sa villa, Kékou admirait la nuit. Au sein des ténèbres gisait le secret de la vie, que contenait le vase scellé d'Osiris. Excellent exécutant, Kalash serait son bras armé, incapable de comprendre le véritable but du mage. Vénal, haineux, obstiné, le Syrien s'imaginait à la tête du pays qu'il détestait et dont il réduirait les habitants en esclavage. Kékou saurait entretenir cette illusion.

Il aimait cette somptueuse demeure, son jardin, ce

domaine ressemblant à une ruche, ce paysage maîtrisé symbolisant sa réussite ; conscient de connaître ses ultimes heures de quiétude, le notable en savourait chaque seconde.

Sa fille lui manquait. Son intelligence lui avait permis d'échapper à ses poursuivants, et Sobek, le chef de la police de Memphis, ne parviendrait pas à la retrouver. Même le réseau de Kalash se montrait impuissant.

Le mage saluait cet exploit, digne de lui, persuadé que sa fille lui reviendrait. Le temps de la révolte écoulé, elle se souviendrait des liens du sang et participerait à l'œuvre grandiose de son père.

Outre Ramsès, deux ennemis majeurs tenteraient d'abattre Kékou : les fils du roi.

Le mage éleva vers le ciel un couteau sur lequel il avait inscrit le nom de Setna. Un nuage se forma, un éclair en jaillit et retraça une scène qui ne l'étonna pas : utilisant le renseignement fourni par le vieil archiviste qu'avait égorgé Kalash, le scribe venait de découvrir le *Livre de Thot*.

Kékou éprouva une intense satisfaction : là encore, son plan se déroulait comme prévu. En extrayant le précieux texte du coffret d'or, Setna croyait avoir évité tous les dangers. Il oubliait qu'un mortel ne pouvait détenir un tel document sans provoquer la colère des dieux.

Le papyrus aurait dû demeurer à Coptos, au milieu du fleuve, sous la garde des scorpions et des serpents, et ne jamais réapparaître ; en violant cet interdit, Setna se condamnait à mort. Un démon de l'autre monde lui ferait payer cher ce crime impardonnable, et le mage serait débarrassé d'un adversaire qui, en cas de succès, serait devenu un adversaire redoutable.

Restait le général Ramésou, un authentique guerrier, courageux et déterminé, taillé pour régner ; son père ne s'était pas trompé en le nommant à la tête des forces armées. Lui et son frère étaient tombés amoureux de Sékhet, aujourd'hui inaccessible, mais Ramésou ne renoncerait pas à la conquérir.

En acceptant un superbe bracelet offert par Kékou, le général ignorait que le bijou, gravé à son nom, permettait au mage de voir ses entretiens avec le roi et d'en connaître la teneur.

Kékou dessina le bracelet sur le pavement de la terrasse, le recouvrit d'un linge souillé du sang d'un mouton égorgé et attendit qu'un rayon de lune le nimbe d'une lumière malsaine.

Le mage inscrivit les signes hiéroglyphiques composant le nom de Ramésou ; lentement, ils se dilatèrent et s'interpénétrèrent.

Et le mage vit à travers les yeux du général.

— 29 —

Ramésou fulminait.

Répondant au souhait de la reine Néfertari, Ramsès recevait, en grand secret, un émissaire des Hittites. L'entrevue se déroulait au ministère des Affaires étrangères, et le général se flattait d'y être convié.

L'ambassadeur occulte ne se montrait pas avare d'arguments en faveur de la paix, à la grande satisfaction de Néfertari ; Ramsès, en revanche, posait des questions incisives et mettait clairement en doute la bonne foi de son interlocuteur. En présence du monarque, son fils se garda d'intervenir ; au terme des palabres, il n'apprécia guère l'attitude bienveillante de la reine qui assura le Hittite de toute la bienveillance de l'Égypte.

Seul à seul avec le pharaon, Ramésou ne cacha pas son scepticisme.

— Nous sommes face à un peuple de guerriers, rappela-t-il ; l'Empire hittite repose sur une hiérarchie militaire et n'a qu'un idéal : nous envahir !

— Paroles de soldat, mon fils.

— Ne soyons pas naïfs, Majesté ! L'ennemi simule une volonté de paix afin de mieux préparer son armée à un assaut massif. Baisser la garde nous serait fatal !

— Ce n'est pas le cas, puisque ta mission consiste à maintenir nos troupes en état d'alerte.

L'argument troubla le général.

— Ne considère pas la Grande Épouse royale comme une pacifiste aveugle, recommanda le roi ; elle a noué des relations remarquables avec la souveraine des Hittites, qui incite son époux à éviter une confrontation meurtrière. Toi-même, Ramésou, as-tu envie de voir mourir des milliers d'hommes ?

— Je n'ai qu'un but : préserver l'intégrité de l'Égypte !

— Ne serait-ce pas le devoir de Pharaon ?

Le général blêmit.

— Je ne doute pas de vous, Majesté, je…

Ramésou se prosterna.

— Relève-toi, général, je connais ta probité. Gouverner est ardu ; quels que soient les obstacles, il convient de suivre la voie droite. C'est pourquoi nous tenterons d'établir une paix durable ; si les Hittites nous mentent, s'ils cherchent à nous détruire, nous prendrons les devants et nous combattrons.

Le général se sentit rassuré.

— Nous jugulerons le péril venant de l'extérieur, assura le monarque, mais celui qui nous menace de l'intérieur n'est-il pas plus redoutable ?

— Puis-je vous parler franchement, Majesté ?

— Je n'en attends pas moins de toi.

— Mon frère Setna n'a pas l'envergure nécessaire pour affronter un mage ! Étant donné son manque d'expérience, il commettra des erreurs fatales, nous condamnera à l'échec et perdra la vie.

Ramsès demeura impassible.

— Le dernier rapport ?

— Je l'ai reçu ce matin : Setna navigue vers Coptos,

à la recherche d'un texte magique qu'il juge indispensable ; Ched le Sauveur et Némo, sur la foi d'une information obtenue par Ougès, vont tenter de délivrer Sékhet. Ougès a réussi à s'introduire chez son père, Kékou, en se faisant passer pour un blanchisseur. Il suppose que le vase scellé d'Osiris est caché là. Quant à Routy, il surveille le domaine où se serait réfugié le Syrien Kalash, chef d'un réseau de dockers.

— Brillants résultats, ne trouves-tu pas ?

— J'aimerais me réjouir, mais je suis sceptique !

— Soupçonnerais-tu Ched de mensonge ?

— Certainement pas, Majesté ! Lui aussi manque d'expérience et s'enthousiasme peut-être en vain. L'ennemi est rusé, presque insaisissable, et sait tendre des pièges.

— Autrement dit, tu ne crois pas à la culpabilité de Kékou.

— N'est-il pas considéré comme le futur ministre de l'Économie ? Sa fille a disparu, probablement enlevée, et je le vois mal au centre d'un abominable complot ! Un nouveau traquenard… Voilà mon sentiment ! Setna s'égare, Ched et ses hommes sont abusés, Kékou impliqué à tort. Et le mage se prépare, dans l'ombre, à nous porter des coups sévères.

— Tes propositions ?

— Je désire retourner à Memphis et vérifier les faits. Si je me trompe, je reconnaîtrais mes torts et l'autorité de mon frère.

Le roi acquiesça.

*

Le linge souillé de sang s'embrasa et, en quelques instants, fut réduit en cendres.

Prenant une teinte rougeâtre, la lune enfla et absorba des nuages aux formes tourmentées.

Kékou recouvra ses propres yeux, la nuit lui redonna l'énergie perdue pendant cette investigation enrichissante. Le roi ne vacillait pas, Ramésou gardait l'initiative.

Bien que la situation évoluât de manière favorable, l'étau se resserrait autour de Kékou, et le général ne tarderait pas à découvrir son véritable rôle. Étape obligée, à laquelle le mage s'était préparé ; ce combat-là l'excitait, et la taille de ses adversaires ne l'effrayait pas. Périr valait mieux que renoncer à conquérir le pouvoir suprême, celui du Mal.

À l'instant décisif, le mage aurait besoin des dons de sa fille, dont elle ignorait la portée réelle. Il se remémorait ses premiers pas, ses premières paroles, sa curiosité précoce, son goût pour les études, son désir d'apprendre, ses exceptionnelles capacités reconnues par des enseignants parfois envieux.

Kékou avait été un bon père, exigeant et attentif ; malgré l'absence d'une mère, Sékhet avait bénéficié de l'affection de toute la maisonnée et s'était épanouie au sein du vaste domaine qu'avait acquis le superviseur des greniers. Il n'avait cessé d'embellir à la fois la villa et le jardin, veillant à satisfaire les désirs de sa fille, qui préférait la lecture aux jeux des enfants de son âge.

Adolescente, elle avait manifesté sa volonté de soigner animaux et humains ; vu ses succès, les professeurs de médecine avaient été contraints de reconnaître ses talents et de lui offrir leur savoir. Intriguée, la Supérieure des prêtresses de la déesse-Lionne avait observé la jeune prodige avant de l'appeler au temple et de l'autoriser à franchir les premiers degrés de l'initiation aux mystères.

La carrière de Sékhet s'annonçait brillante et, au-delà

de cette réussite prévisible, son père ressentait une prédestination, la rendant capable de franchir la frontière du visible. En révélant Kékou à lui-même, le destin lui ouvrait des horizons insoupçonnés auxquels sa propre fille serait associée.

Comme cette nuit était belle, porteuse des forces du néant, emblème des ténèbres originelles ! Là se trouvait la véritable patrie du mage, de là naissait la puissance qu'il déploierait en utilisant les dimensions obscures du vase scellé d'Osiris.

Kékou leva les bras vers les étoiles.

— Je suis auprès de toi, ma fille chérie, tu ne t'éloigneras jamais de ton père ! Tu as cru t'enfuir, mais tu reviendras et tu lutteras à mes côtés ! Ensemble, nous ne craindrons personne et nous imposerons notre loi. Renonce à tes illusions, Sékhet, entends ma voix et rejoins-moi.

Un nuage en forme de poignard jaillit de la lune et s'élança en direction du sud.

*

Trempée de sueur, Sékhet se réveilla en sursaut.

— Père... Tu m'as appelée !

Voguant au sein des étoiles, l'esprit de la jeune femme avait distingué la haute stature de Kékou, au visage grave, animé d'un sourire bienveillant. Debout près du bassin aux lotus, il ouvrait les bras afin de l'accueillir.

Les souvenirs d'enfance ressurgirent, la lumière jouait avec les palmes, les sycomores dispensaient leur ombre bienfaisante, les parterres de fleurs rivalisaient de couleurs.

Et Kékou attendait sa fille.

Ne devait-elle pas lui pardonner ses errements et renouer les liens du sang ?

Sékhet s'habilla en hâte, décidée à regagner la maison familiale. Si longue et si rugueuse fût-elle, une discussion approfondie permettrait de dissiper les zones d'ombre et de rétablir l'harmonie.

Un grognement l'alerta.

Lui interdisant de sortir de sa chambrette, Geb montrait les crocs.

— Mon chien... Tu m'agresserais, moi ?

Impérieux, Geb maintint son attitude de gardien inflexible ; l'acuité de son regard brisa le rêve de Sékhet.

— Tu as raison, il tentait de m'envoûter ! Sans toi, j'aurais été abusée.

Rassuré, Geb se dressa, posa les pattes sur les épaules de sa maîtresse et lui lécha les joues.

— Merci, tu m'as sauvée !

Appréciant les caresses, Geb se coucha le long de la jeune femme, essayant de retrouver le sommeil. Un cauchemar la hantait : Setna victime d'un naufrage.

Geb, guide et fidèle compagnon de Sékhet.
(Tombe d'Ouser.)

— 30 —

Gisant au fond des roches en fusion, se nourrissant du feu souterrain, elle n'était pas réapparue depuis la fin de la guerre des clans[1], préludant à l'avènement du premier roi, Ménès, et à la naissance de l'État pharaonique. Lors de son incarnation humaine, elle s'appelait Fleur et avait été la maîtresse de Scorpion, le plus puissant des guerriers. Après sa disparition physique, les dieux l'avaient emprisonnée aux Enfers.

Force de destruction impérissable, elle nourrissait l'immense serpent des ténèbres qui, chaque nuit, tentait d'assécher le fleuve céleste et de détruire la barque du soleil. Jusqu'à présent, la magie divine avait été victorieuse, mais les puissances obscures ignoraient le découragement et sauraient profiter de la moindre faute de l'adversaire.

Les roches éclatèrent, une cheminée se creusa, menant à la surface.

Les dieux libéraient Fleur ! Elle allait de nouveau s'incarner, prendre l'apparence d'une femme à la beauté irrésistible, et répandre le malheur.

1. *Cf.* Christian Jacq, *Et l'Égypte s'éveilla*, XO Éditions ; Pocket, 2012, 3 tomes.

Une seule raison à cet événement : un mortel s'était emparé du *Livre de Thot* ! Pour y parvenir, il avait tué le serpent chargé de garder le coffre d'or et se croyait à présent invulnérable.

Il se trompait.

En agissant ainsi, l'imprudent provoquait la colère des génies de dessous terre dont l'intervention, à travers la personne de Fleur, devenait indispensable. Et Thot lui-même ne s'y opposait pas.

Un souffle de feu emporta la démone et lui donna le nom du coupable : Setna, fils de Ramsès.

*

— On n'avance pas, se plaignit le Vieux.

— Je n'y comprends rien, concéda le capitaine ; nous ne parvenons pas à vaincre ce courant ! Il semble faiblir, il reprend, il change de direction... À la rame et à la voile, pas moyen de progresser normalement.

— Et si on accostait ?

— Impossible, les remous sont trop violents ; nous risquerions de chavirer. Seule solution : continuer vers Coptos.

— Tu as vu les vagues ?

— J'en ai connu de plus grosses.

— Celles-là me suffisent !

— Tu n'as pas l'habitude de naviguer, le Vieux ! Le grand fleuve a des mouvements d'humeur qui surprennent même les marins expérimentés. Moi, je demeure toujours sur mes gardes. Va boire un coup, et ne te tracasse pas.

Le Vieux ne se fiait qu'à un conseiller, son âne. Et Vent du Nord, d'ordinaire assoupi pendant les voyages en bateau, restait debout et regardait au loin.

— Couche-toi, mieux vaut ne pas voir ce qui nous attend.

L'âne refusa, et cette attitude n'améliora pas le moral du Vieux ; Vent du Nord ne s'inquiétait pas en vain.

Impassible, Setna avait pris soin de fixer contre sa poitrine le *Livre de Thot* à l'aide d'une bande de lin.

— Ça prend mauvaise tournure, l'avertit le Vieux.

— Le vent ne s'est-il pas calmé ?

— Observe le Nil ! Sa colère gronde, une catastrophe s'annonce.

— Ne sois pas pessimiste.

— Et toi, mon garçon, garde les yeux ouverts ! Crois-tu que les dieux apprécient ton succès ? Ce livre aurait dû rester au fond de l'eau, sous la protection des scorpions et des serpents ! Un humain avait-il le droit de s'en emparer ?

Setna demeura muet.

— Nous y voilà, tu comprends ! Tu as outrepassé les bornes.

— Oublies-tu la mission que m'a confiée le roi ?

— Elle n'impliquait pas de tels risques ! Débarrasse-toi de ce livre, et nous rejoindrons Coptos en toute tranquillité.

— Sans cette arme-là, nous serons impuissants face au mage.

— Ton obstination te perdra ! Et moi avec... Il serait temps d'être raisonnable, ne crois-tu pas ? Personne ne t'a demandé d'accomplir l'impossible !

— J'avais l'impression du contraire.

Dépité, le Vieux suivit le conseil du capitaine et s'accorda une rasade de rouge capiteux. Puisque le scribe campait sur ses positions, autant s'offrir un dernier plaisir avant le désastre.

Setna songeait à Sékhet, aux brefs moments de bonheur vécus en compagnie de la femme qu'il aimerait pour toujours. Il ressentait si intensément sa présence qu'il ne pouvait la croire morte ; à l'abri des prédateurs, elle reprenait des forces et préparait son retour. Bientôt, les amants se rejoindraient et lutteraient ensemble contre les ténèbres.

Une vague d'une rare violence heurta le bateau, Setna perdit l'équilibre et fut arraché à sa méditation.

— Regardez ça ! hurla un marin ; on est cernés !

À la crête des ondes en furie apparurent les coffrets en fer, en cuivre, en bois de genévrier, en ivoire et en ébène, en argent, et en or. Sous la pression des flots, leurs couvercles s'ouvrirent, et des flammes jaillirent. Une épaisse fumée enveloppa le navire, contraignant les marins à manœuvrer en aveugles.

Tétanisé, l'homme de proue aperçut un serpent qui surgissait des profondeurs et se déployait en travers du fleuve afin de barrer le passage.

— Nous sommes maudits, constata le capitaine.
— C'est ce scribe... Il faut nous en débarrasser.
— Tu n'y penses pas !
— Consultez l'équipage : les marins sont de mon avis.

Le second approuva, le capitaine hésitait.

— Vous me demandez de commettre un crime !
— Les éléments se déchaînent, les génies de l'au-delà menacent de nous anéantir parce que Setna a dérobé un document interdit. À cause de lui, nous mourrons.

Le capitaine perçut la détermination et l'hostilité de ses hommes ; s'il ne leur donnait pas satisfaction, il serait le premier à passer par-dessus bord.

— On se serrera les coudes, promit le second, et l'on parlera tous d'un accident.

— Le Vieux nous accusera !

— Vu l'intensité croissante de la tempête, on va l'attacher à l'intérieur de la cabine.

— Et si la colère du fleuve ne se calmait pas ?

— Elle se calmera. On a votre accord, capitaine ?

Un dernier moment d'hésitation, une bouffée de remords, le désir de survivre...

— Vous l'avez.

Les coffrets disparurent, la fureur du fleuve s'accentua et la fumée brûla les yeux de l'équipage. Le second entraîna le Vieux dans la cabine, lui passa une corde autour de la taille et l'attacha à une poutre.

— Ça va secouer, prévint-il.

— Et Setna ? s'inquiéta le Vieux.

— Je vais le chercher.

Le scribe s'apprêtait à prononcer une formule de conjuration, issue du *Livre de Thot*, quand cinq marins se ruèrent sur lui, le soulevèrent et le jetèrent au fleuve. Sa tête réapparut à deux reprises, mais une succession de vagues l'engloutit.

— Un drame affreux, annonça le capitaine au Vieux ; le prince Setna est tombé à l'eau et s'est noyé !

— Essayons de le retrouver !

— Impossible, je condamnerais mes hommes à périr ; et je ne maîtrise plus le bateau !

Les voiles se déchirèrent, les rames se brisèrent, la coque émit d'affreux grincements ; croyant sa dernière heure arrivée, le Vieux ne pensait pourtant qu'au destin tragique du jeune scribe.

Soudain, en quelques instants, la tempête s'apaisa, le vent cessa de souffler et le Nil redevint un long ruban bleu baigné de soleil. La fumée disparue, les marins écarquillèrent les yeux.

— Qu'on me détache ! ordonna le Vieux.

Légèrement blessé à une patte, Vent du Nord fixait le fleuve.

— Mets ce bateau en panne, capitaine ! Que des hommes plongent à la recherche du prince Setna.

— Inutile, le courant...

— Désigne immédiatement des volontaires !

Afin de ne pas éveiller les soupçons de ce personnage irascible, le capitaine lui obéit.

Les larmes aux yeux, le Vieux regarda les plongeurs s'élancer. Et Vent du Nord poussa un long braiment de désespoir.

Et un serpent surgit des profondeurs...
(D'après Champollion.)

— 31 —

Ched le Sauveur et Némo pouvaient enfin reprendre leur souffle, après avoir ramé pendant des heures avec une belle vigueur. Furieux d'être tombé dans un traquenard, Némo avait une féroce envie de rebrousser chemin et de fracasser le crâne de leurs agresseurs ; mais Ched le convainquit de ne pas céder à la colère et de rejoindre au plus vite leurs deux compagnons, probablement en danger ; eux aussi étaient exposés aux ruses de Kékou et de ses alliés.

Le Sauveur se félicitait d'avoir prévu une barque de secours, en cas d'incident ; sans elle, et malgré leur expérience, lui et Némo auraient succombé sous le nombre des archers syriens. Ce guet-apens confirmait l'étendue du réseau et sa capacité d'intervention ; outre sa propre faculté de nuisance, le mage possédait une milice de l'ombre, décidée à combattre. Et l'ampleur du danger avait de quoi faire frémir.

Abandonnant leur esquif au premier embarcadère, les deux hommes montèrent sur un bateau de commerce à destination de Memphis. Inquiets, ils auraient aimé dévorer le temps et décupler la vitesse du lourd bâtiment, chargé de céréales.

*

Routy n'était pas au lieu de rencontre prévu. Dépités, Ched et Némo inspectèrent les environs, angoissés par cette absence. Quant à Ougès, avait-il ou non quitté la villa du mage ?

Le Sauveur envisagea le pire. Ougès identifié et abattu, Routy surpris et éliminé... Croyant maîtriser la situation, au moins en partie, le commando avait été manipulé et conduit vers un gouffre.

S'estimant coupable, Ched déploya une formidable énergie pour tenter de retrouver ses camarades ; le front bas et l'air buté, il ratissa palmeraies, bosquets de tamaris et forêts de papyrus.

— S'ils ont été blessés, peut-être se sont-ils réfugiés à l'hôpital militaire, avança Némo.

*

Le médecin chef toisa Ched le Sauveur.

— À qui ai-je l'honneur ?

— Je suis le directeur de la Maison des armes, et je veux savoir si deux de mes subordonnés sont soignés ici.

— Leurs noms ?

— Routy et Ougès.

Le médecin chef consulta le registre des admissions.

— Personne de ce nom-là.

— Ils ont peut-être été contraints d'en changer ; je désire voir les blessés.

— Pas question.

— Soyez conciliant, je vous en prie.

— Pas question !

Némo fit craquer les jointures de ses énormes doigts.
— Ne nous empêche pas d'identifier nos amis ; sinon je vais m'énerver.
— C'est... C'est une menace ?
— Une vraie menace.
Le médecin chef prit peur.
— Hâtez-vous !
Ched et Némo parcoururent les salles de l'hôpital militaire. Dans la quatrième, ils découvrirent leurs deux camarades, assis sur des nattes ; Routy avait le bras gauche bandé, Ougès le torse.
Les quatre compagnons se congratulèrent.
— On se demandait si vous vous en étiez sortis, soupira Ched.
— Nous de même ! rétorqua Routy ; on a été piégés comme des novices. Ougès a sorti de la villa un reliquaire qui aurait pu contenir le vase scellé d'Osiris, mais c'était un leurre ! Et il nous a explosé à la figure. Sans des précautions élémentaires, nous aurions été tués.
— Le hameau des Gazelles était un guet-apens bourré de Syriens, précisa Ched, et Sékhet ne s'y trouvait pas. Fiasco total.
— Tu comptes en rester là ? questionna Routy.
— Sûrement pas ! Es-tu en état de combattre ?
— Ça ira.
— Et toi, Ougès ?
— Je commençais à m'ennuyer.
Le géant roux peina à déployer sa carcasse.
Les blessures des deux hommes n'étaient pas aussi légères qu'ils voulaient le faire croire, et leur bref séjour à l'hôpital militaire, refuge idéal, n'avait pas été inutile ; mais ils avaient tellement envie d'en découdre qu'ils en oubliaient la souffrance.

— Quelle stratégie préconises-tu ? demanda Routy à Ched le Sauveur.

— J'en ai assez d'être trimballé et enfumé ! On dirait que ce mage prévoit nos actions et nous manipule comme des pantins. Cette fois, on n'élabore aucune stratégie, on fonce et on dévaste tout.

— Ça me plaît, commenta sobrement Ougès, qu'approuva Némo en mastiquant un oignon. Un beau paquet de dockers syriens assure la sécurité de Kékou, ils sont costauds et armés.

— À la Maison des armes, décida Ched, nous prendrons le matériel nécessaire.

Les quatre hommes pressentaient l'exaltation préludant aux grandes batailles. Soudés, ils seraient invulnérables.

À la sortie de l'hôpital, un personnage furibond leur barra le passage.

Le général Ramésou.

— Le médecin chef m'a annoncé votre présence ici, lança-t-il ; j'exige un rapport immédiat.

— Le voici, déclara Ched : nous allons régler nos comptes.

— À savoir ?

— Détruire le domaine de ce maudit mage et lui avec. Ainsi, le problème sera réglé.

— Tu as perdu l'esprit !

— Nous avons tous failli y passer, et ce mage se joue de nous grâce à ses pouvoirs. Une seule solution : l'anéantir. Le criminel syrien Kalash se cache chez lui et, à cause de sa garde rapprochée, il se croit invulnérable. On va lui prouver le contraire.

— Je vous l'interdis ! décréta le général ; la priorité consiste à retrouver le vase d'Osiris, et c'est moi qui donne les ordres !

— J'avais cru comprendre que notre chef était le prince Setna.

— Le roi m'a chargé de dresser un bilan de la situation et de vérifier si ce jeune scribe était apte à commander. D'ailleurs, où est-il ?

— À Coptos.

— Toujours pas de retour ?

— Il devait en rapporter un document essentiel.

— T'a-t-il donné l'ordre d'attaquer la villa de Kékou ?

Ched le Sauveur ne savait pas mentir.

— Pas de manière formelle.

— Autrement dit, tu te lançais dans une aventure insensée, sans en référer ni à Setna ni à moi ! M'as-tu au moins ramené Sékhet ?

— Malheureusement non.

Ramésou eut un air triomphant.

— Cette fois, tu as commis une erreur impardonnable ! Ma première décision consiste à te démettre de tes fonctions et à dissoudre ce commando. Vous retournez tous à vos tâches antérieures, et je recruterai des hommes compétents, respectueux de la discipline, pour remplir la mission confiée par le roi.

— C'est vous qui commettez une erreur, général, estima Ched ; nous sommes déterminés, il faut attaquer d'urgence la villa de Kékou !

— Il suffit ! Rejoignez la caserne principale de Memphis où vous serez aux arrêts en attendant la rédaction de mon rapport. Je proposerai à Sa Majesté un nouveau directeur de la Maison des armes.

Ched et Ramésou se défièrent du regard, mais le Sauveur savait qu'il ne pouvait désobéir. Seul Setna l'aiderait à affronter le général en l'accusant d'abus de pouvoir.

Un officier interrompit la confrontation.

— Général, on vous demande au port ; un capitaine en provenance de Coptos, placé sous bonne garde, a des révélations à faire.

— Emmène ces quatre hommes à la caserne, ordonna Ramésou. Arrêts de rigueur.

Intrigué, il se hâta jusqu'au poste de police du port de *Bon-Voyage*. Prostré, le capitaine semblait à bout de forces.

— Je suis le général Ramésou. Qu'as-tu à m'apprendre ?

— C'est à propos du prince Setna...

La voix s'étrangla.

— Eh bien, parle !

— De mauvaises nouvelles. De très mauvaises nouvelles.

— 32 —

— Suis-moi, ordonna la vieille guérisseuse.

Pressentant l'événement, Sékhet avait passé une nuit agitée ; consciente du caractère redoutable d'une épreuve qu'elle savait inévitable, elle n'avait cessé de penser à Setna, si loin d'elle en ces heures décisives et, pourtant, si présent à son cœur.

En cette fin d'après-midi, le soleil se faisait moins brûlant, mais la jeune femme ne goûterait pas la fin du crépuscule, le moment où les fauves s'approchaient des points d'eau.

Retrouvant les jambes de sa jeunesse, la guérisseuse emprunta un semblant de piste serpentant entre des dunes. Oppressée, Sékhet parcourait pour la première fois le désert peuplé de démons.

— Quand la lionne de Sekhmet vient boire, révéla son guide, les spectres demeurent terrés dans leurs antres. Les griffons et les panthères ailées n'osent pas la combattre.

Le vent était tombé, le soleil s'affaiblissait, et d'étranges clartés sillonnaient le sable. À l'horizon, des collines pierreuses.

Enfin, la guérisseuse ralentit le rythme.

— À cent pas d'ici, indiqua-t-elle, la mare des

fauves. La lionne s'y rendra la première, c'est là que tu l'affronteras. Si tu ne réapparais pas avant la nuit, je regagnerai le village.

Elle s'assit sur une pierre plate.

— Ne tente pas de t'enfuir, tu n'aurais aucune chance de lui échapper.

— Existe-t-il une formule qui...

— À toi de la façonner en surmontant ta peur.

Lentement, Sékhet se dirigea vers la mare. À son cou, elle noua la bandelette rouge tissée par les sept fées. Aussitôt, sa vue devint plus aiguë et sa démarche plus ferme.

Au bord du point d'eau, une énorme lionne.

Dérangée, elle pointa son museau en direction de l'intruse, et leurs regards se croisèrent.

— Je suis ta servante, affirma Sékhet d'une voix mal assurée, et j'ai besoin de ton aide.

En émettant un grognement à la fois grave et rauque, le fauve se mit en position d'attaque.

Sékhet avança.

— J'ai été initiée à tes mystères au temple de Memphis et j'ai vénéré ta statue vivante ; aujourd'hui, j'ai le bonheur de contempler ta puissance et je t'implore de me la transmettre.

La jeune femme s'agenouilla, les mains en adoration.

Pendant d'interminables secondes, la lionne demeura immobile ; puis ses énormes pattes grattèrent le sol et, ses yeux fixant sa proie, elle progressa avec une extrême lenteur, prête à bondir.

— Les ténèbres menacent d'envahir le pays, continua Sékhet, le Mal de prendre le pouvoir. Tout ce qui a été construit sera détruit, la violence, l'injustice et le mensonge régneront. Offre à ta servante la capacité de lutter et de mener le combat.

Lorsqu'elle baissa le regard, la lionne émit un nouveau grognement, menaçant ; Sékhet comprit qu'elle exigeait un face-à-face.

Alors, elle osa.

Le museau du fauve touchait presque son visage.

Au fond de ses orbites, un paysage immense. Le fleuve en furie, des bateaux à la dérive, des palmiers déchiquetés, des maisons incendiées, des cadavres d'humains et d'animaux.

Sékhet pleura.

— Est-ce cela, notre avenir ?

Surgissant du territoire dévasté, un homme. Une lumière entourait son visage, celui de Setna.

— Il se battra, et je serai à ses côtés !

La patte avant-gauche de la lionne se posa sur l'épaule de Sékhet, toutes griffes dehors, mais la prêtresse ne ressentit aucune douleur.

— Donne-moi ta force, implora-t-elle ; je jure de ne jamais renoncer, quelles que soient les souffrances à endurer !

Les griffes s'enfoncèrent, le paysage de désolation disparut, les yeux du fauve émirent une flamme qui enveloppa le corps de sa disciple sans la brûler.

Éprouvant une chaleur intense, Sékhet sentit circuler dans ses veines une force nouvelle, tandis que la lionne s'éloignait avec majesté.

La nuit tombait.

Régénérée, la prêtresse quitta le lieu de cette rencontre décisive pour rejoindre la vieille guérisseuse qui examina aussitôt son épaule.

— Elle a gravé la marque du feu... Tu es bien la

servante de Sekhmet ! Le grand combat débute, hâte-toi de regagner Memphis.

*

Malgré de longues recherches, le corps de Setna n'avait pas été retrouvé. Il fallait se rendre à l'évidence : le jeune homme s'était noyé, et les crocodiles n'avaient pas manqué de s'emparer d'une proie bienvenue.

Un officier apprit la nouvelle à Ched le Sauveur et à ses trois compagnons, qui se morfondaient à la caserne de Memphis, en attendant la fin des arrêts de rigueur ; Ched rédigeait un long rapport à l'intention du roi, n'hésitant pas à se plaindre du comportement de Ramésou. Cette audace lui vaudrait peut-être une condamnation, mais il refusait de se taire.

— Comment, disparu ? protesta Routy.
— Le fleuve l'a englouti.
— Impossible, il nageait à merveille ! affirma Ched.
— On va le chercher, décida Némo en déployant sa carcasse.
— J'ai reçu l'ordre de vous retenir ici, rappela le gradé ; ne m'obligez pas à utiliser la force.

Le Sauveur calma ses camarades ; provoquer un incident les enverrait en prison. Une seule arme : la patience.

*

Le général Ramésou se devait d'annoncer au pharaon la mort tragique de son fils cadet et l'échec de sa mission. En dépit de leurs différences de caractère, le chef de l'armée déplorait la disparition de son frère, à la fois inexpérimenté et téméraire ; ces défauts lui avaient coûté la vie.

En l'absence de corps, quel type de funérailles organiser ? Un culte serait-il rendu à l'âme du défunt, considéré comme une sorte de héros ? Au souverain de résoudre ces problèmes rituels, sans oublier la véritable urgence : lutter contre le mage noir, que Ramésou souhaitait anéantir à sa manière. Le commando de Ched avait montré ses limites, l'infanterie régulière serait plus efficace.

En prenant un bateau rapide à destination de Pi-Ramsès, le général songeait à son entrevue avec le pharaon ; il n'eut pas le moindre regard pour le Vieux, assis près de son âne, tous deux accablés de tristesse.

*

Le Vieux ne parvenait pas à se persuader de la mort du prince Setna. Les dieux n'avaient pu abandonner le jeune scribe ! Ils s'étaient forcément évertués à le défendre, et le fleuve, même en colère, n'avait pas détruit une vie si riche de promesses. Pourtant, les recherches étaient interrompues, et le maître des ténèbres célébrait un nouveau triomphe.

Le museau de Vent du Nord toucha l'épaule du Vieux.

— Tu as faim, je sais... Patiente un peu, je n'ai pas le cœur à bouger.

L'âne insista, le Vieux leva la tête.

— Toi, quand tu veux quelque chose...

En se relevant, il l'aperçut, debout devant lui, le chien Geb à ses côtés.

— Tu... Tu es vivante !

Sékhet sourit.

— Il ne faut pas rester ici ! Si des gredins à la solde de Kékou te repèrent, ils te captureront.

Suivant l'âne qui adopta une allure rapide, le trio s'éloigna du port. Le Vieux se retourna à plusieurs reprises avant d'atteindre une ruelle ombragée et déserte. Pas de suiveurs, Geb ne signala aucun danger.

— La lionne de Sekhmet m'a offert sa force, révéla la jeune femme, et je suis revenue pour me battre. En compagnie de Setna, j'affronterai mon père.

Le regard du Vieux se détourna.

— Le prince Setna..., murmura-t-il, des sanglots dans la voix.

Sékhet se figea.

— Parle, je te prie !

— Après avoir découvert le *Livre de Thot*, il s'est noyé. Son corps n'a pas été retrouvé.

Un silence pesant s'établit. D'une dignité impressionnante, Sékhet ressemblait à une statue.

— Regarde les yeux de Vent du Nord et de Geb, recommanda-t-elle au Vieux ; ils n'expriment pas le deuil, et les affres de la mort ne me déchirent pas le cœur. Setna est vivant, nous partons à sa recherche.

Sous la forme d'un singe, Thot, détenteur de la Connaissance, apaise la fureur de la lionne, décidée à dévorer les humains. (D'après Champollion.)

Références des illustrations :

Pages 13 et 64 : Norman de Garis Davies, Nina M. Davies (Cummings), *The Tomb of Nefer-Hotep at Thebes*, Metropolitan Museum of Art, Egyptian Expedition, Arno Press, New York, 1933.
Pages 22, 35, 49, 71, 101, 114, 121, 128, 191, 204, 223, 237 : Jean-François Champollion, *Monuments de l'Égypte et de la Nubie d'après les dessins exécutés sur les lieux sous la direction de Champollion le jeune et les descriptions autographes qu'il a rédigées*, Firmin Didot frères, Paris, 1835-1845.
Pages 28, 86, 147 (haut et bas), 169, 177, 198 : *Le Livre de sortir au jour*, in Edouard Henri Naville, *Das aegyptische Todtenbuch*, Verlag Von A. Esches, Berlin, 1886.
Pages 93, 155 : Norman de Garis Davies, *The Tomb of Rekhmirê at Thebes*, Metropolitan Museum of Art, Egyptian Expedition, Arno Press, New York, 1943.
Page 216 : Norman de Garis Davies, *Five Theban Tombs*, Londres, 1913.

*Cet ouvrage a été composé et mis en page
par Nord Compo à Villeneuve-d'Ascq*

Imprimé en France par CPI
en septembre 2018
N° d'impression : 2039115

POCKET – 12, avenue d'Italie – 75627 Paris Cedex 13

Dépôt légal : avril 2016
Suite du premier tirage : septembre 2018
S26251/02